KB179644

우리의 농담이
우리를 구원하기를 .

잘돼가? 무엇이든

이경미 에세이

나의 끈기와 불만족은 아빠가 키워준 거야.
덕분에 난 무너지지 않지.
그러니까 미안해하지 마, 아빠.

나의 단편영화 〈잘돼가? 무엇이든〉의 원제는 '도대체 내가 뭘 잘못했냐는 거지'였다.

〈도대체 내가 뭘 잘못했냐는 거지〉는 나의 졸업 작품인데 후반 작업 중에 '잘돼가? 무엇이든'으로 제목을 바꿨다.

'잘돼가? 무엇이든'은 졸업을 앞둔 우리들에게 내가 제일 많이 하던 질문이었다. 그때 "잘돼가?"는 "밥 먹었어?" 혹은 "잘 잤어?" 같은 인사말이었다. "잘돼가?" 하고 물은 뒤 "무엇이든"을 덧붙이면 상대의 얼굴에 미소가 떠오르곤 했는데 덩달아 내 기분까지 좋아져서 그 질문을 꽤 즐겨 썼던 것 같다.

조금 재미있는 우연인데 나의 데뷔작 〈미쓰 홍당무〉의 포스터 카피가 '내가 뭐 어때서?'다. 내가 지은 카피는 아닌데 '도대체 내가 뭘 잘못했냐는 거지'와 맥락이 닿아서 신기하다.

개정판을 앞두고 오랜만에 원고를 다시 읽으니 조금 부끄럽다. 일이 이렇게 될 줄 알았다면 조금 덜 솔직했을 텐데 이미 늦었다. 그때는 모두의 웃음을 위해 내 가족과 친구들을 총동원시켰다. 물론 친구들에게는 일일이 허락을 받았지만 가족들에게까지 허락받을 생각은 안 했다.

책이 나오자 엄마는 당신 딸이 잘되기를 바라는 마음과 부끄러운 마음 때문에 웃지도 울지도 못하는 얼굴로 나를 원망하셨다. 하지만 엄마 미안해, 전부 사실인걸……

동생은 자기가 낙천적이다 못해 조금 무딘 인물로 묘사된 것에 동의하지 않았다. 그런데, 매사 복잡하게 생각하지 않는 편인 것은 맞잖아. 아니, 그게 그렇게 크게 다르냐……?

아빠는 책에 대해서 별말씀이 없으셨던 것 같은데 이제

는 그 추억을 나눌 길이 없어졌다. 아빠는 2019년 9월 2일 세상을 떠나셨다.

돌아가신 아빠의 마지막 말씀은 '괜찮아'였다. '잘돼가? 무엇이든'과 아빠의 유언에는 겹치는 글자는 단 한 개도 없지만 나는 '잘돼가? 무엇이든' 뒤에 늘 '괜찮아'를 혼잣말처럼 넣어두었기에 그 말씀이 참 좋았다.

죽음은 물리적으로 끝이 맞지만 그것만으로 설명될 수 없는 이치가 존재한다는 사실을 아빠를 통해서 지금도 깨닫는다.

마지막으로, 이 책을 사랑하고 기억해주시는 모든 독자들께 진심으로 감사드립니다.

우리의 농담이 우리를 구원해줄 거예요.

2023. 12.
삼송에서,
피어스, 몽키, 미슈카와 함께

이건 그냥 하는 농담이지만

내게는 안면인식장애가 있다. 그래서 사람들이 많이 모이는 자리에 있을 때는 되도록 자리 이동을 하지 않는다. 그렇게 하면 실수를 조금 줄일 수 있기 때문이다. 외화를 볼 때는 이따금 곤란한 일을 겪기도 한다. 등장인물의 생김새를 구별하지 못해서 내용 파악을 엉뚱하게 하는 일도 생긴다.

남편을 처음 만났을 때 내가 이 백인과 인연이 되리라곤 상상도 못 했다. 사실은 내가 안면인식장애를 가진 데다가 백인 포비아였기 때문이다.

내가 어쩌다가 백인을 무서워하게 됐는지 설명하려면 조금 부끄러운 얘기가 길어진다. 짧게 요약하자면 1992년 '윤금이 피살 사건'과 1997년 '이태원 살인 사건'의 영향이다.

어린 나이에 준비되지 않은 상태에서 목격한 슬픈 이미지들에 갇혀버려서 나는 닥치고 겁을 먹었다.

2008년 〈미쓰 홍당무〉를 공개하고 얼마 지나지 않아 책을 내자는 제안을 받았다. 그땐 고민 없이 거절했다. 영화감독은 언제고 영화를 통해서 사람들을 만나야 된다고 굳게 믿고 있었기 때문이다. 이후 쉽지 않은 과정 끝에 8년 만에 〈비밀은 없다〉를 만들었다.

〈비밀은 없다〉가 개봉한 주에 나는 집 안에 틀어박혀서 아무도 만나고 싶지 않았다. 극장 관객 수가 좋지 않아서 내 경력은 여기서 끝났다고 생각했다. 혼자 뒀다가는 큰일 나겠다며 임필성 감독이 억지로 나를 데려간 곳이 이태원의 어느 고깃집이었는데 거기서 만난 사람이 지금의 남편이다. 그는 한국 영화를 정말 사랑하는 영화 기자고 공교롭게도 〈비밀은 없다〉를 무지하게 좋아하는 것이었다. 덕분에 나의 백인 공포증이 치유됐고, 3백만 명의 관객을 잃은 대신 남편을 얻었다. 동시에 한 명의 평론가를 잃기도 했지만.(남편은 직업 윤리를 지키고자 내 작품에 대한 평을 영원히 중단했다.)

인생 참 계획대로 되지 않는다. 이 사실을 농담으로 넘기지 못하면 숨 막혀 죽을 것 같아서 혼자 끼적였던 지난 15년의 부끄러운 기록들을 모았다. 이제 나의 철없고 부실한 농담들이 계획대로 나아가지 않는 삶에 지친 누군가에게 작은 웃음이 되면 참 좋겠다.

그럼, 덕분에 나도 정성 들여 크게 웃고 다음 인생으로 넘어가보겠다.

8년 전부터 나의 혼잣말들도 책이 될 수 있다고 믿고 긴 시간을 기다려준 정유선 팀장이 아니었으면 나는 이렇게 즐거운 시도를 끝내 결심하지 못했을 것이다. 책이 예쁘게 나올 수 있도록 정성을 다해준 이정미 팀장. 그리고 이 책의 절대적 존재 이유이자 의미인 나의 부모님, 나를 그려준 내 동생 이경아 작가, 나의 새 가족 피어스 콘란 그리고 늘 격려해주시는 박찬욱 감독님께 감사드립니다.

2018. 07.

1부 **실연당하는 게 끔찍할까,** ————————
　　 시나리오 쓰는 게 더 끔찍할까?

2부 나를 가지고, 나를 웃겨서, 내가 위로받은

3부 어쨌든, 가고 있다

4부 아빠, 미안해하지 마 ────────

어쨌든

가고 있다.

2003. 11. 10.

실연당하는 게
끔찍할까,

시나리오 쓰는 게
더 끔찍할까?

눈물병

"우리가 결혼하면 식장에서 아빠는 진짜 쫌 울 거 같지 않아?"

"완전. 엄마는 울까, 안 울까?"

"엄마는 안 울 거 같아."

"그래, 엄마는 씩씩하니까. 근데 정작 내가 아빠를 보면 눈물이 날 거 같아."

"아냐, 언니. 우리 가족은 전부 다 울 거야, 아마."

동생과 나는 어릴 때부터 우리의 결혼식 장면을 재미 삼아 상상해왔다. 우리는 유난히 붙어 다녔는데, 지인들은 내가 남자를 못 만나는 이유가 동생 때문이라고 충고했다.

그런 동생이 서른여섯 살에 결혼을 했다. 아랫사람이 먼

저 결혼을 하면 윗사람은 식장 안에 들어가지도 못했다는
데 동생은 결혼식 전날부터 날 놓아주지 않았고, 나는 1박
2일 내내 제부가 될 사람과 함께 신부 옆에 붙어 다니는 꼴
이 되었다.

우리가 종종 상상해오던 결혼식장 모습과는 다르게 아빠,
엄마, 심지어 동생까지 아무도 울지 않았다. 아들이 없어 늘
쓸쓸해하던 아빠는 듬직한 사위가 생긴 기쁨이 더 컸다. 두
딸 모두 시집을 보내지 못해 애타던 엄마는 정말로 회춘했
다. 예쁜 신부가 된 동생이 비단길을 밟으며 식장 안으로 들
어설 때 눈물을 흘린 유일한 사람은, 나. 그러니까 나 빼고
모두 웃었다.

동생 부부는 6박 8일간 스위스로 신혼여행을 다녀왔다.
우리 가족은 다 함께 저녁 식사를 했고, 이들의 스위스 여행
담을 들으며 시간을 보낸 뒤 각자 잠자리에 들었다. 그러고
나와 동생은 목욕 가방을 들고 24시간 사우나로 향했다. 늦
은 밤, 서로의 등을 밀어주며 우리는 밀린 수다를 한참 나누
었다.

다음 날 아침, 동생 부부가 떠났다. 뒤이어, 아빠는 사우나에 갔고 엄마와 나는 뒷산을 오르기로 했다. 그동안 부모님 집에 놀러 오면 동생과 함께 뒷산을 올랐는데 그날은 엄마와 함께 갔다. 밤새 공기가 많이 차가워졌다. 완연한 가을바람이 후드득.

우리는 산 입구까지 천천히 걸었다.

나　엄마, 정말 다 짝이 있을까?

엄마　그럼. 경아 봐라. 경아가 지 짝을 만난 건 기적이야, 기적. 저걸 어떻게 설명하니?

나　그래, 경아 보면 정말 짝이 있는 것 같아.

엄마　그래, 다 짝은 있어. (내 등을 툭툭 두드린다.) 너도 있을 거야, 분명히.

나　……정말 정해진 짝이 있는 거라면 엄마, 나는 앞으로 짝이 없을 거야.

엄마　?

나　내 짝은 왔다가 갔어, 이미.

코끝이 찡해왔다. 울음을 삼켰다. 입을 열면 목이 메어 우

스운 꼴이 될까 봐 입을 다물고 계속 걸었다. 횡단보도 앞에
섰다. 신호를 기다리며 화제를 바꾸기로 했다.

나　　　근데 엄마. 아빠한테서 냄새가 나. 담배 절은 냄새.
엄마　　……늙으면 다 그래.
나　　　그래도 아빠한테 얘기해줘야 하지 않을까?

나는 걱정이 됐다. 나중에 손주가 할아버지 냄새난다고
아빠를 싫어하면 속상하니까.

나　　　응? 엄마아?

엄마가 물끄러미 나를 보다가 내 눈꼬리에 매달린 눈물
방울을 쓱 훔쳐 닦아준다. 아차. 눈꼬리에 매달린 눈물방울
이 한쪽 시야를 흐리고 있었는데 내 마음을 추스르느라 놓
쳤다. 엄마는 내 눈물을 닦자마자 시선을 거두어 먼 데를 본
다. 그런 엄마 얼굴을 훔쳐보았다. 엄마 얼굴이 붉어졌다. 나
는, 부끄러웠다. 엄마는 입이 찢어지도록 하품을 하며 기지
개를 켠다. 신호가 바뀌고 우리는 횡단보도를 건넜다.

말없이 걸었다. 산 초입을 지나 오르기 시작한 지 20분도 안 됐는데 엄마가 영 힘들어한다. 우리 엄마 체력이 예전 같지 않다. 우리는 중간에 서서 쉰다.

엄마　……너, 좋아하는 사람 있구나.
나　　……(다시 목이 멘다.) 아니, 없어. 이제는 없어.

엄마가 먼저 걸음을 뗀다. 나는 뒤따라 걷는다.

엄마　그래도, 좋아하는 사람 있을 때가 좋은 거야.

나는 천천히 산을 오르는 엄마의 뒷모습을 보았다.

그날부터 눈물병이 시작되었다. 아침에 눈뜨면 그냥 눈물이 흐르고, 잠자리에 누우면 감은 눈 사이로 눈물이 흐르고, 요가를 하다가도 눈물이 흐르고, 카페에서 시나리오를 쓰다가도 눈물이 흘렀다. 어느 날은 하루에 다섯 번도 더 울었다.

창피한 줄 모르고 아무 때나 울음을 터뜨렸다.

그냥 내가 마흔을 목전에 둔 서른아홉 가을에 그랬었다
는 이야기.

29

박광수 감독님은 "시나리오는 거부하는 힘과

받아들이는 힘의 싸움의 결과"라고 하신다.

하루에도 몇 번씩 이놈을 버려야 하나 말아야 하나

마음속으로 싸우는 중이다.

2003. 07. 06.

늙는다는 것

어버이날, 부모님과 함께 외식을 한 뒤 공원을 산책했다. 동생은 아빠와 앞서 걸었고, 나는 뒤에서 엄마와 걸었다. 참고로, 나의 요즘 주 관심사는 '늙는다는 것, 이거 어쩔 것인가'이다. 덧붙이자면, 나는 최근에 보험을 하나 들었다.

> **나** 엄마, 늙으면 좋은 점이 뭐가 있어?
>
> **엄마** 없어.
>
> **나** ……정말 하나도 없어?
>
> **엄마** 하나도 없어.

나는 막 속상하고 절망적인 마음에 콱, 죽고 싶었다. 잠시후, 동생과 역할 체인지. 아빠와 나란히 걸었다.

나	아빠, 늙으면 좋은 점이 뭐가 있어?
아빠	없어.
나	……정말 하나도 없어?
아빠	지하철 공짜로 탈 수 있는 거 말고는 하나도 없어.
나	(괜히 버럭) 엄마! 그래도 아빠는 하나 있잖아!
엄마	뭐?
나	아빠는 늙으면 지하철 공짜로 탈 수 있는 거라도 좋다고 하잖아!
엄마	엄마는 아직 지하철 공짜로 탈 수 있는 나이가 아니란 말얏!

늙는다는 것.

늙는다는 것.

늙는다는 것.

늙는다는 것.

늙는다는 것.

갑자기 오래전에 소개팅했던 한 남학생이 떠오른다. 장발에 건장한 체구, 젊음의 땀 냄새도 조금 났다. 그는 자기가 서른 살이 되기 전에 죽을 거라고 했다. 만약에 죽어지지 않으면 죽어버릴 거라며 자랑을 했다. 나는 그 어린 나이에 서른 살은 그렇게 끔찍한 나이인가 보다, 생각했다. 그런데 내가 막상 서른 살이 됐을 땐 어찌나 신나던지, 서른 살은 삼십 대의 시작이니까 이십 대에 다 망친 거 없다 치고 다시 시작하면 된단 말이다.

요즘 부모님을 보면서 늙는다는 것에 대해 자꾸 생각하게 되니 문득 죽겠다는 자랑을 철없이 하던 그 남학생의 생사가 궁금해진다. 아직 살아 있다면 이제 오십이 다 됐을 텐데.

우리 부모님은 늙어서 좋은 점이 하나도 없다는데 정말 하.나.도.는 아니었으면 좋겠다.

이건 늙는다는 것과 별 상관없지만 너무 자랑하고 싶어서 죽을 것 같아 덧붙이자면, 나는 분당의 산 밑자락에 콕 붙어 있어서 커튼을 확 젖히면 사시사철 꽃과 나무를 볼 수 있는 작은 집을 전세로 계약했다. 이탈리아의 지진 같은 사태만 생기지 않는다면, 조지아의 내전 같은 일만 터지지 않는다면, 갑자기 환율이 급상승하거나 코스피 지수가 폭락해도 별 상관없이, 나는 머지않은 때에 공간 이동을 할 예정이다.

'임신한 사람의 마음으로'.

나는 요즘 임신부의 마음으로

곧 만들어낼 이야기를 품은 사람으로서

좋은 생각만 하고 따뜻한 것만 보고 아름다운 것만 꿈꾸려고

……

바락바락 애쓰고 있다.

잔인하고 비정한 뭐 그런 거 자꾸 하고 싶은 내 욕구를

그렇게 그렇게…….

2003. 06. 08. 〈잘돼가? 무엇이든〉 시나리오 작업 중에.

나의 졸업 작품 〈잘돼가? 무엇이든〉 촬영은 네버엔딩 스토리로

진행되고 있다.

괴롭다.

이놈을 어떻게 살려야 되나 생각하니

피가 바싹바싹 마르고…….

내가 좋아하는 가을인데 난 그저 이놈을 어떻게 살려내나…….

2003. 11. 06.

길티 플레저

　지난 연말,《씨네21》로부터 '길티 플레저' 코너의 원고를 청탁받았을 때 나는 구구절절 변명을 늘어놓으며 거듭 거절했다. "정말 부끄럽네요. 이 나이에 길티 플레저도 하나 없다니!" "너무 죄송해요. 아무리 생각해봐도 길티 플레저가 없네요…… 저 참 재미없는 사람이죠……." 이렇게 통화 중인 내 얼굴은 이미 새빨개져 있었다. 내게 왜 길티 플레저가 없겠어? 나도 사람인데! 하지만, 이렇게 사실대로 털어놓을 수는 없잖아. '실은…… 가끔 심심할 때 헤어진 남자 친구 싸이월드 미니홈피에 들어가요. 그러다가 헤어진 남자 친구의 현재 여자 친구의 미니홈피에 들어가죠. 그런 짓을 하다 보면 헤어진 남자 친구의 전전 여자 친구의 미니홈피를 들어가는 일도 생기는데, 그러다 보면 헤어진 남자 친구의 전전 여자 친구의 초등학교 동창 남자 친구의 미니홈피에 들어가고, 그러다 보니 헤어진 남자 친구의 전전 여자 친구의 초등학교 동창 남자 친구의 절친 여자애가 내 동생 남자 친구의 전 여자 친구인 경우도 있더라구요.' 뭐, 이런 이야기……

여하튼, 새빨개진 얼굴로 식은땀마저 흘리며 최선을 다해서 거절했는데 2, 3주나 지났을까, 우리 사이엔 아무 일도 없었다는 듯 다시 연락이 왔다.《씨네21》로부터의 '길티 플레저'!

실은…… 〈미쓰 홍당무〉 시나리오를 쓰던 당시, 내겐 일종의 약물 중독이 있었다. 그러니까, 나는 지금 수많은 나의 '길티 플레저' 중 그나마 적당한 한 가지를 털어놓는 중이다. 나의 약물 중독은 '건강'에 좋다는 약이면 무조건 먹고 보는 증세였는데, 심할 때는 하루에 열세 가지 이상의 약과 건강 보조제를 복용한 적도 있다. 심지어 어떤 약물이 '건강'에 좋다는 소릴 들으면 그때부터 '정말 맛있구나'라고 느꼈다. 그렇게 복용하다가 몸에 이상 반응이 오면 명현 현상이라고 생각하면서 더 많이 먹었다. 당시 건강에 좋다면 똥이라도 먹을 태세였던 내 증세는 아마도 내 처지에서 비롯된 자기방어 기제가 아니었을까.

끝도 안 보이는 시나리오 작업, 해도 해도 글은 좋아지지
않고, 내가 봐도 나는 참 모자란 사람인데 나이는 자꾸 들
고, 과연 입봉은 할 수 있을지 오리무중이니 '나는 무조건
건강해야만 한다'고 결심했다. 그래서 요가를 시작했다. 점
차 요가 학원 사람들이 나를 구경하러 오기 시작했다. 내
가 뼈가 부러질 정도로 요가를 열심히 하는데 그 성과가 매
우 급진적이었기 때문이다. 사실 요가는 그렇게 하는 게 아
닌데. 나는 그런 정신으로 눈에 보이는 좋은 약이라면 닥치
는 대로 복용했고, 심지어 남의 약도 부끄러운 줄 모르고 많
이 훔쳐 먹었다. 엄마의 칼슘제나 아빠의 자양강장제 따위
는 말할 것도 없고, 허약한 동생의 '체질 개선을 위한 맞춤
프로젝트' 열한 가지 각종 의약품, 건강 보조제 등을 각각의
복용 방법에 맞게 꼬박꼬박 훔쳐 먹었다. 내가 나를 지키겠
다고 그렇게 했다. 하루에 열두 가지 이상의 약을 복용하지
않으면 불안함을 느끼던 이 증상은 〈미쓰 홍당무〉의 투자가
확정되면서 잠시 사라졌다. 그러나 허전했다. 내가 요즘 건
강을 소홀히 하고 있는 것은 아닌지……. 그런 내 마음을 어
떻게 알았을까?

〈미쓰 홍당무〉 촬영 중, 배우 공효진이 '피부 질환 치료제'를 갖다주었다. 습진, 두드러기, 피부 발진 등에 좋은 약인데 사실 나오는 '절대 무관'한 그 약을 종합 비타민제 챙기듯 복용했다. 웬만한 성인은 한 번쯤 다 해봤다는 '서점에서 책 훔치기'도 안 해본 내가 약물 관련해서만큼은 어찌나 담대했던지. 이쯤 됐으니 고백할 게 한 가지 더 있다.

박찬욱 감독님, 제가 한동안 감독님 방에서 시나리오 작업한 적 있잖아요. 저 때문에 감독님은 몇 주간 방을 잃으셔서 출근하시면 복도를 서성이시다 다른 직원 방에 들어가 일을 보곤 하셨죠. 감독님 방에서 시나리오 발동이 걸리니 제 방으로 옮기질 못하겠더라구요. 그때 우리 시나리오 성과도 좋았잖아요, 감독니임. 전 그 시간 동안 감독님 책상의 그 어떤 물건에도 절대로 손대지 않았어요. 책장 하단에 있던 '통마늘 엑기스'만 빼고……

가까스로 강남역에서 막차를 탔다.

분당으로 들어서는데 첫눈이 펄펄 내린다.

이젠 졸업이다.

그동안 나를 여기까지 데려온 모든 것을

올해와 함께 덮어야겠다.

2003. 12. 08.

모든 행동에는 이유가 있잖아요, 아저씨

"죄송한데 공시생인 거 같은데 매일 커피 사 들고 오는 건 사치 아닐까요? 같은 수험생끼리 상대적으로 박탈감이 느껴져서요……"라는 내용의 도서관 항의 쪽지에 대한 기사를 읽었다.

예의와 배려의 옷을 입고 "죄송한데"로 시작해서 말줄임표와 함께 겸손한 듯 마무리되는 저 글은 영화 〈복수는 나의 것〉의 송강호를 떠올리게 한다. "그래……. 너 착한 거 나도 안다. 그러니까 내가 너 죽여도 용서해줄 거지……?" 울먹이며 신하균의 두 아킬레스건을 잘라버린 송강호는 진짜 형편이 억울하기라도 하지. 도대체 저 커피에 대한 억울함은 어디서 왔을까.

또박또박 예의 바르게 참 예의 없다 싶었지만, 가만히 생각해보면 사실 나는 저 기분을 조금 알 것 같다.

설날 연휴, 나는 구식 샘소나이트 여행 가방을 꺼냈다. 몇 군데에서 받은 영화상 트로피들을 가방 안에 챙겨 넣었다. 덕분에 무거워진 여행 가방을 질질 끌고 푸켓이나 발리가 아닌 분당의 부모님 집으로 향하는 내 발걸음은 무거웠다. 전철 안 사람들의 표정도 진짜 심각하고 우울했다. 아니, 내 심정이 그래서 그런가 남들도 그렇게 보였다.

새해 들어서 내 우울감은 더 심해졌다. 나쁜 일들은 좀 사정을 봐가면서 와주면 좋을 텐데, 살다 보니 뭔 일이 터질 때는 비슷한 성질의 일들이 연이어 터진다는 사실을 깨달았다. 그래서 연초나 월초, 또는 생일과 같이 '시작'하는 시즌엔 조금 예민해진다. 말하자면 징크스를 찾는 버릇 때문이다.

지성인처럼 안 보일까 봐 숨기고 싶은데 사실 나는 언젠가부터 매년 신년 운세를 봤다. 어디 은행이나 보험 회사에서 해주는 무료 인터넷 운세 말고 직접 결제하는 토정비결 같은 그런 거 말이다. 그게 전부가 아니다. 신점도 몇 번 봤는데 신중하게 추천을 받아 몇 군데 찾아가기도 했고, 독방에 틀어박혀 오랜 시간 시나리오를 쓰다가 진짜 속에서 천불이 나면서 이러다 죽나 싶어 홧김에 전화 상담 운세도 받아봤다.

전화 상담 운세 역시 내가 평소 믿고 상담해온 모 감독의 어머니가 몇 년째 믿고 본다며 추천해준 곳이다. 상담 예약에 성공했다. 생년월일, 생시, 이름을 주고 계좌 이체부터 해야 된다. 그러고 나면 10분 뒤에 도사님이 전화를 준다. 도사님은 나더러 오페라를 하지 말고 팝페라를 해야 한다면서 어쩌구저쩌구 한참을 얘기하는데, "우리 85년생 이경미 씨는⋯⋯" 이러는 거다. "잠깐만요, 도사님! 저는 73년생인데?" 하니까 3초 침묵. "아⋯⋯ 내가 5분 뒤에 다시 전화를 하겠어요" 하더니 잠시 뒤 다시 전화가 왔다. "그러니까 우리 73년생 이경미 씨는⋯⋯" 하더니 좀 전과 똑같은 내용의 운세다. "아니, 잠깐만요. 85년생 이경미 씨랑 저랑 왜 똑같아요?" 물으니 "그러게, 사람 팔자가 차암 신기하죠?"라며 오묘하게 대답하는데, 그때 정신적으로 충격을 받았는지 이후 대화에 대한 기억이 없다.

이 길티 플레저를 끊게 된 결정적인 사건은 없다. 다만 없는 돈 갖다 바치면서 내 나름대로 지성인답게(?) 분석을 해본 결과, 운세라는 것이 어떤 경우엔 틀리고 어떤 경우엔 맞기도 하는데 사실 틀린 경우가 더 많았고, 평소 나같이 나쁜 상상을 많이 하고 태생적으로 부정적인 사고를 가진 사람에겐 이런 것이 도움이 되지 않는다는 사실을 깨달았다. 그럼에도 불구하고 운세 보는 일을 멈추지 못하다가 남자 친구가 생긴 이후 자연스레 흥미를 잃었다. 전국의 사주 카페와 점쟁이, 전 세계 점성술사 중 누구도 내게 남자 친구가 생긴다는 예언은 못 했기 때문인 것 같다.

삼십 대 후반, 굉장히 가슴 아프고 특별하게 쓸쓸한 사연을 겪은 이후 나는 자웅동체 아메바처럼 혼자 씩씩하게 살기로 결심하고 모든 준비를 마쳤다.

그 특별한 사연이라는 게, 그냥 한마디로 말하면 남자한테 차였다. 원래 이런 얘기는 절대 안 할 생각이었는데, 왜냐하면 최근에 한 외부 관계자가 '영화를 보면 이경미 감독은 평생 남자한테 사랑 한번 못 받아본 여자가 분명하다'라고 평가했다는 이야기를 전해 들었기 때문이다. 남들도 다

눈치챈 걸 가지고 뭐 자기만 대단한 걸 발견한 것처럼 온 동네방네…… 무식하게……. 생긴 것도 못.쌩.겨.가지고.

암튼 내가 올해 설 연휴, 유독 우울했던 이유엔 최근작의 흥행 대참패 이후 생긴 근거 없는 피해의식과 더불어 거론되던 차기작의 무산과 함께 전 세계 예언자들도 예언하지 못한 남자 친구를 막상 부모님이 반기지 않은 문제가 있다.

구식 샘소나이트 여행 가방 안에 영화상 트로피들을 담으면서 생각했다. '그래, 내가 효심이 깊은 것도 아니고 착한 것도 아니야. 내가 할 수 있는 일은 그저 트로피 받아주는 이벤트뿐이긴 하다만, 그래도 내가 무슨 결혼을 하겠다는 것도 아닌데.' '엄마한텐 아빠가 있고, 동생한텐 제부가 있고…… 그래, 나한텐 영화가 있어.' '근데 걔는 내 손도 못 잡아주고 백허그도 한번 못 해주는 주제에 심지어 나를 딱 반만 죽여놔서 내가 지금 죽지도 살지도 못하고.' '그런데 생각해보면 내가 이런 고충을 제대로 표현한 적은 한 번도 없었지. 왜냐하면 자존심이 상했거든! 내가 표현을 안 하니까 다들 나를 좀 우습게 보는 것 같은데 말야, 생각난 김에 야 너! 내가 영화 망했는데 웃고 다니는 게 재수 없다며, 표정 관리 좀 시키라고 우리 제작자한테 내 뒷담화를 깠다며? 그게 무슨 상대적인 박탈감인지 모르겠는데 시발. 할 말이 있으면 나한테 욕을 해! 니가 뭔데 뒤에서 평가질이야?' 마음속으로만 하루에도 몇 번씩 상대를 바꿔가며 이렇게 두서없는 천불을 토해내던 중에 사람 많은 빵집에서 동생을 만났다.

나의 피 끓는 하소연을 듣던 동생의 표정이 문득 달라진다. 보니까 한 아저씨가 빵을 고르다가 바닥에 떨어뜨렸는데 그것을 슬그머니 집어서 진열대에 다시 올려놓는 것이다.

"이봐요, 아저씨이이!! 그렇게 땅에 떨어진 빵을 거기 그냥 두시면 어떡해요!!! 다른 사람이 그 빵 먹는 건 뭐 괜찮다 이거예요? 아저씨이이!!"

나다, 내가 소리 질렀다. 그것도 모자라 이후 아저씨의 모든 처신을 매의 눈으로 감시했다. 내가 그 동네 경찰도 아니고, 부모님은 지금도 내가 유명인인 줄 잘못 알고 있는데 부모님 동네 빵집에서 굳이. 사람들이 그 빵을 먹지 않게 막을 수 있는 고급 진 다른 방법도 많이 있었을 텐데. 명절 대목, 손님도 바글바글한 그곳에서, 내가 언제부터 그렇게 정의로운 모범 시민이었다고……

'죄송한데요, 살면서 참 다들 서로 안 맞고 힘들어요. 그래도 우리 너무 팍팍해지지 말아요…… 나도 아저씨도 빵도 커피도.' 또박또박 쪽지에 써서 아저씨의 점퍼 주머니 안에 슬쩍 집어넣을 수도 있었는데……. 물론 아저씨가 떨어뜨린 그 빵이랑 같이.

모든 개입에

사사건건 반응하고 싶지 않다.

내 마음만 항상 같다면

문제없다.

2003. 12. 07.

사고의 전환

#1

이해영 감독과 처음 인사 나누던 날, 우리의 민망한 대화.

이   빨리 시나리오 쓰세요. 저는 '마돈나' 마치고 7개
     월 놀았는데 지나고 나니 그 시간이 너무 아까워
     요. '홍당무' 마친 지 얼마나 되셨어요?

나   10월 말에 개봉했으니까 저도 7개월⋯⋯.

이   예전에 제가 놀 때 선배 감독님이 그러셨어요. 최
     근작 만들고 9개월 놀았는데 지금 돌이켜보면 그
     시간이 너무 아까워 죽을 것 같다구요.

나   근데 저는 시나리오 안 쓰고 노는 게 너무 좋아요!

내가 7개월 놀 땐 미처 몰랐지. 그 뒤로 7년 3개월을 계속

놀게 될 줄은.

아, 나는 정말이지 시나리오 쓰는 일이 세상에서 제일 끔찍하다. 문득 괜한 상상을 해본다. 실연당하는 게 끔찍할까, 시나리오 쓰는 게 더 끔찍할까?

그렇게 생각하니 조금 쉬워진다.

2

지원이와 중앙극장에서 영화를 본 뒤 캔 맥주를 마시며 청계천을 걷다가.

나　　얼마 전에 문득 '내가 갑자기 죽으면 어떨까' 생각
　　　해봤는데, 죽도록 사랑 한번 못 해봤다는 생각이
　　　드니까 정말 억울해서 죽을 거 같더라.
지원　그게 좋은 거 아냐?
나　　(버럭) 그게 뭐가 좋아!
지원　앞으로 하면 되잖아.
나　　……정말?

지원　그럼! 앞으로 하면 되니까 얼마나 좋아?

나　……나는 왜 그 생각을 못 했을까?

지원　바보.

나　……근데 그 전에 죽으면 어떡하지?

지원　……아, 그 생각은 못 해봤다.

나　그럼…… 죽기 전에 빨리 해야 되나?

이제 시작이다.

무엇이든.

2003. 12. 17. 졸업.

잠

나는 잠자는 시간이 정말 좋다.

정말 너무너무 좋다.

전 세계 위인 중에서 나처럼 잠을 많이 자면서 성공한 사람은 못 봤지만 그래도 상관없다.

잠도 못 자고 촌각을 다투며 당장 죽어도 좋다는 심정으로 열심히 청년 시절을 다 보냈는데,

매일 잠을 잘 자는 일이 삶의 질을 몽땅 결정한다는 사실을 깨달은 이후,

나는 일말의 죄책감도 없이 잠자는 시간이 정말 좋다.

정말 싫은 사람도 같이 술 마시고, 어깨동무하고 노래 부르고, 그리고 또…… 더 자주 술 마시고 밥도 먹고 서로 마주 보면서 얘기도 나누다 보면 가끔은 좋아질 수 있다. 그렇지만 정말 싫은 캐릭터를 나더러 매력적으로 만들어달라는데 내가 그 캐릭터 생각만 하면 신경질이 나서 자다가도 벌떡벌떡 깬다. 나의 모든 짜증은 뾰루지가 되어 얼굴의 동서남북을 점령해버렸다.

2004. 02. 25.

행복이 가득한 집

"내가 6개월 동안 칼럼 연재를 하게 됐는데 니가 일러스트를 그리면 어떨까?" 나는 선의를 가지고 동생에게 제안했는데 언니가 일정의 주도권을 잡고 본인을 배려하지 않는다며 동생은 분노했다. 애가 지금 미쳤나, 말다툼이 시작됐다. 시작은 이렇게 사소했으나 동생은 끝내 울었고 나도 밤새 잠 한숨을 못 잤다. 어릴 적 트라우마까지 들춰내다 보니 서로의 바닥이 드러나버렸다. 우리는 '성격 차이로 인해 공동 작업 불가능' '앞으로 재결합 절대 없음'으로 결정 내렸다.

어릴 때부터 나는 엄마한테 매일 혼났다. "너는 언니가 돼가지고 왜 이렇게 철이 없니?" 나는 도저히 이해할 수 없었다. '내가 철이 없다고? 와, 진짜 내가 얼마나 똥을 잘 참는데!' 그때부터 의도적으로 똥을 참기 시작했다. 그렇다. 나는 '철이 없다'는 뜻을 잘못 이해했던 것이다. 매일 똥을 참는 횟수를 셌다. 그렇게 참으면서 하루를 무사히(?) 보내는 날도 있었다. 최후의 순간까지 변기에 앉아 최고 열네 번까지 셌던 기억도 있다.

당시 '누구를 위한 똥 참기'인지 모를 '나의 똥 참기' 훈련은 이후 청소년 시절, '오래매달리기'와 '오래달리기' '윗몸 일으키기'의 최고 기록을 이뤄내는 데에 분명히 기여했다고 나는 지금도 믿는다.

그래서인가. 변비를 달고 살았다. 이십 대 초반엔 특히 심각했는데, 정기적으로 장세척을 해야만 했다. 당시 병원에선 '장중첩증'이라고 진단했다. 대개 아기들에게 나타나는 증상이라고 했다. 배부른 줄 모르고 계속 먹다 보면 장으로 밀려 내려오는 음식물의 압력을 이기지 못해 장이 접혀버리곤 하는데, 이럴 땐 뚫어펑 같은 도구를 항문에 흡착시킨 뒤 당겨내어 장을 편다고, 그런데 나는 아기가 아니라서 그것도 곤란하다고 의사가 말했다. 누구에게 말도 못 하고 장세척을 위해 병원으로 갈 때마다 나는 내 평생을 비관했다.

그런데 이 고질적인 변비가 서른 살 무렵 저 혼자 사라졌다. 당시 내게 달라진 점은 하나뿐이었다. 부모님의 반대로 포기했던 예술학교에 뒤늦게 입학했다는 것. 그때부터 똥과 심리 상태에 대해 생각하기 시작한 것 같다.

아무튼, 그렇게 잊고 지낸 지 18년 만에 그게 다시 돌아왔다. 나는 오늘도 아침에 눈뜨자마자 책상 앞에 앉는다. 지난 영화의 형편없는 스코어는 내 의지가 무색해질 만큼 자격지심을 키운다. 그러다 보니 내 모든 행동과 생각에 대한 자가 검증은 더욱 집요해진다. '지금 이 생각이 자격지심에서 나오는 건가, 아니면 설득력이 있나?' 머릿속으로 따진다. '사실은 이게 자격지심에서 나온 건데 그럼 쪽팔리니까 지금 이건 자격지심이 아니라고 내가 납득할 만한 변명을 설득력 있게 만들어내는 중이면 아…… 내가 진짜 자존심 상하는데……'라는 생각이 들면 크게 심호흡하고 다시 생각한다. '정말이지 변비는 너무 불편하다……'

나는 왜 이럴까. 동생과의 일을 겪은 뒤 며칠 곰곰이 생각했다. 아빠는 설사와 변비가 반복되는 과민성대장증후군을 갖고 있다. 예측 불가능한 변의는 이 몸의 주체를 내가 아닌 똥으로 바꿔놓는다. 이게 진짜 사람 미치게 만든다는 것을 나는 잘 안다. 우리는 왜 이렇게 비슷할까. 최근 그 단서를 발견했다.

아빠가 젊은 시절에 새벽마다 외출하는 엄마를 의심한 나머지 어느 날 조용히 그 뒤를 밟았다고 한다. "그런데 늬 엄마가 성당으로 들어가더라, 껄껄껄." 나는 소름 돋았다. 엄마가 성당에 다닌다는 사실을 알고 미행해도 무섭고, 모르고 미행해도 무서운데, 심지어 내가 "아니지, 간 김에 성당 안까지 미행해서 끝까지 확인해봤어야지"라고 대답해버린 것이다. 나의 이 집요하고 집착적인 성격은 아빠를 닮았고, 그래서 우리의 대장은 이런 걸까.

엄마에게는 변비가 없다. 꽃다운 나이에 결혼해서 아빠가 미울 때도 많았을 텐데, "이 세상에 네 아버지만 한 사람 없다"는 말이 귀에 못이 박히도록 우리를 세뇌시켰다. 가끔 부부싸움을 해도 식사 차리기는 단 한 번도 거른 적이 없는 우리 엄마가 10년 전 즈음인가, 일생일대의 대폭발을 한 뒤 온 짐을 싸가지고 가출을 했다. 굉장히 단호하고 선언적이었다. 이대로 안 돌아올 수도 있겠다 싶었다. 나는 암담한 기분으로 빈집을 둘러보았다.

주방 창가에 놓인 유리컵. 그 안에 반쯤 담긴 물이 빛을 받아 반짝반짝. 그런데 가만…… 저게 뭐지? 유리컵 안에 작고 하얀 무언가가 들어 있다. 주방을 향해 다가가는데 문득 불 꺼진 욕실 안에 작고 검은 털북숭이! 일단 욕실부터 확인해야겠다. 두루마리 휴지 위에 얌전하게 올라앉은 길고 검은 털북숭이, 미동 없다. 엄마의 부분 가발이다. 본인을 가꾸는 일이 밥 먹는 일보다 중요한 엄마가 뒤통수를 덮어야 할 부분 가발을 두고 갔다. 이건 무슨 메시지일까……. 어렵다. 이제 주방으로. 창가에서 빛나는 유리컵. 그 안에 잠긴 작고 하얀 그것은 엄마의 부분 틀니. 엄마는…… 어금니를 비워둔 채 집을 나갔구나……. 곧…… 돌아오겠구나……. 이렇게 치밀하지 못한 단호함이라니.

이쯤에서 서두에서 밝힌 사건의 결론을 쓴다. 내 칼럼 일러스트 작가는 결국 내 동생이다. 사건은 많았지만 결과적으로 변한 것은 아무것도 없다. 다만, '성격 차이로 인해 공동 작업 불가능' '앞으로 재결합 절대 없음'에 대한 내 단호함은 끝내 치밀하지 못했다.

내 동생은 무슨 일이 있어도 똥 잘 누고 잠 잘 잔다. 특히,

나와 대화만 나누기 시작하면 변의가 찾아오고 쾌변을 이룩해낸다. 이게 의학적으로 설명이 가능한지 모르겠다.

다만, 똥의 문제로 미루어봐서는 우리 둘 중에서 내가 조금 더 문제가 많은 사람 같다.

그래도 애랑은 딱 이번 연재까지만 같이하고 그만둬야지.

내 귓가의 노랫소리

어느 음악상 시상식에서 수상을 한 뮤지션이 퍼포먼스를 했다. 여기서 돈과 명예, 재미 중 두 가지 이상 충족이 되면 좋겠는데 명예는 감사하지만 상금이 없고 나는 생활고에 시달려 마냥 재미있지만은 않으니 지금 이 상패를 경매에 붙이겠다고 했다.

같은 주에, 내가 좋아하는 중국의 젊은 사진작가 런항REN HANG이 세상을 떠났다. 자살이라고 전해진다. 그로테스크하고 도발적인 이미지들이 주는 중독성이 대단했다. 그의 사진엔 신체가 만들어낼 수 있는 마법 같은 순간들이 있고, 때로는 그것을 자연과 한 프레임 안에 가두어 새롭게 조형했을 때 발견되는 충격적인 감각들이 있었다. 자살의 이유를 정확히 알 수는 없으나, 그에게는 우울증이 있었다고 한다.

내가 어린 시절에 좋아했던 한 뮤지션도 젊은 나이에 부엌칼로 자기 심장을 찔러 자살했다. 약물 중독과 갱생을 반복했던 그에게도 우울증이 있었다.

나는 우울증이 무섭다. 결국 인생 혼자 가는 거지만 이 병은 진짜 혼자 가야 한다. 아무도 도와줄 수 없다. 이해받는 것도 쉽지 않아서 혼자 늪으로 빠지기 시작하면 그냥 그렇게 존재 자체가 소멸될 수도 있다. 근데 나는 이걸 왜 이렇게 잘 아는 거야, 진짜 무섭게.

언젠가 동종 업계 친구들과 깊은 밤까지 술을 마시다 우울증 이야기가 나왔다. 이 중에서 가장 사회성이 떨어지고 성격적인 결함도 숨기지 못해서 곧잘 본인도 불편하고 남도 불편하게 만드는 나에 비하면 다들 상식적이고 매우 사회적이며 참으로 무난한 그들이 모두 우울증 약을 복용해오고 있었다는 사실을 알게 됐다. 혹시 내가 여태 약을 안 먹어서 이런 걸까, 생각해본 적이 있다.

나는 꽃다운 이십 대에 심각한 거식증을 앓았다. 자물쇠가 달린 일기장에다가 매일 뭔가를 적었다. 죽을 용기는 없고 저절로 안 아프게 죽어지는 방법은 없을까 생각할 때도 그게 우울증인지 몰랐다. 하도 존재의 이유를 찾을 수 없어서 수녀가 되겠다고 진지하게 고민했었는데, 운이 좋아서 실패했으니 망정이지 그때 수녀가 됐다면 여러모로 폐만 끼치다가 파계했을 게 뻔하다.

어제는 박 감독님과 점심을 먹었다. 감독님은 그 어떤 힘든 시절에도 걸린 적 없는 작은 스트레스성 질환을 최근에 앓으셨단다. 그런데 희한한 점이 요즘에야말로 어느 때보다 스트레스가 없다고. 굳이 스트레스를 찾자면 최근 집에서 좀 춥게 지냈다는 점뿐이라며 추위가 주는 스트레스가 결코 만만치는 않다고 덧붙이셨다. 사실 감독님에 비하면 나는 평생 스트레스를 내 몸의 장기인 양 달고 산다. 그렇기 때문에 그 어떤 강철 추위라도 내 몸이 그것을 특별한 스트레스라고 감지해낼 리가 없다. 어쩌면 내게 스트레스성 질환이 없는 이유는 사실 그냥 내 존재 자체가 이미 질환 덩어리라서가 아닐까……라며 진담 같은 농담인지 농담 같은 진담인지. 아무튼.

나는 평소에도 소리에 민감한 편인데, 시나리오 작업만

시작하면 이 지구상의 모든 소리 때문에 스트레스를 받아서 한 줄도 못 쓰는 날이 부지기수다.

나의 이 예민한 소리 탐구는 고3 때 처음 시작됐다. 지금도 기억한다. 8월 14일 밤, 독서실에서 열공 중인데 어떤 여자가 갑자기 노래를 부르는 것이다. 이건 있을 수 없는 일이다. 독서실에서 감히 노래를 부르다니! 범인을 잡기 위해서 모든 칸마다 귀를 기울여보았지만 실패했다. 독서실 문 닫을 시간이 돼서 집으로 돌아왔다. 씻고 자리에 누웠는데 아니, 그 여자가 내 침대에서도 노래를 부르는 것이 아닌가. 내 귓가의 여자 노랫소리.

드디어 나한테 귀신이 붙었나 보다. 벌떡 일어나 불을 켰다. 살살 움직이다가 콩콩 뛰어봐도 차분한 귓가의 노랫소리는 흔들림이 없다. 〈엑소시스트〉의 주인공이 바로 내가 되는 것인가. 나는 너무 무서워서 기절초풍할 것처럼 울기 시작했고, 자다 깬 엄마는 반수면 상태에서 나를 병원에 데려가지 않고 무작정 냉장고 문을 열더니 작은 유리병을 꺼냈다. 그러고는 유리병 안에 든 투명 액체를 막 나한테 들이부었다.(알고 보니, 그것은 로마 바티칸에서 공수해온 귀한 성수

였음.) 우리 엄마도 혹시 영화 〈엑소시스트〉를 봤던 걸까. 내가 울며불며 정신을 못 차리니 당황한 엄마는 막 구마사처럼 나를 붙들고 기도하면서 내 등짝을 때렸다가 쓰다듬었다가…… 광복절 새벽은 그렇게 아수라장으로 변했다. 문득 궁금해진다. 그때 내 동생은 뭘 했는데 이렇게 기억에 없지? 어떤 상황에서도 잘 먹고 잘 싸고 잘 자는 내 동생은 끝까지 잘 잤음이 분명하다. 아무튼.

공휴일 전날 기록적인 과음을 하고 이른 새벽 귀가한 아빠는 취중에 믿기 어려운 광경을 목격한 거다. 잠옷 바람에 봉두난발의 두 여자가 막 십자가를 쥐고 뭘 뿌리고 때리고, 어떤 여자가 노래를 부른다고 울부짖으며 주기도문을 외우고. 해는 떠오르는데, 이것이 현실인지 취중 환상인지 헷갈리는 광복절 아침, 아빠는 정신 나간 모녀를 뒷좌석에 실었다. 우리는 묵주와 십자가, 그리고 종려나무 가지를 손에 쥐고 경기도 마석으로 향했다.

아직도 기억한다. 그해 광복절 여름은 사상 최고의 더위였다. 휴일 나들이를 떠나는 행렬이 고속도로를 꽉 메웠는데, 거짓말처럼 우리 자동차 타이어가 터졌다. 지금 생각해

보면 아빠가 제일 불쌍하다. 신심이 깊은 엄마는 주님한테라도 의지했지, 술 냄새 나는 땀을 뻘뻘 흘리며 고속도로 땡볕 아래에서 타이어를 갈아야 했던 아빠는 전생을 원망하지 않았을까.

어렵게 도착한 마석엔 유명한 구마 사제가 있었다. 구마 사제는 뜨거운 손을 내 머리 위에 얹고 눈을 감았다. 이러다가 갑자기 눈알이 확 뒤집히고 뒤로 발라당 누워서 네 발 게걸음으로 이 방을 뛰쳐나가게 될까 봐 벌벌 떠는데, 잠시 후 구마 사제 가라사대,

"경미는 그냥 운동 부족이다. 줄넘기라도 좀 해라."

나는 우울증이 진짜 무섭다. 재미를 주고 돈과 명예를 가져간 어느 뮤지션의 퍼포먼스를 보면서 나도 '돈, 명예 그리고 재미'에 대해 생각해본다. 만일 나라면 세 가지 중에 무엇을 포기할까? 일단, 돈도 안 되는데 재미도 없으면 우울하다. 명예는 없는데 돈이 있으면 그 돈으로 재미있는 걸 찾아본다. 재미없는데 명예만 있으면 우울하다. 재미있는데 돈이 안 되면 우울하다. 돈도 안 되는데 명예가 있으면, 이

렇게 명예가 있는데 돈은 안 된다니 더 우울하다. 일단 나는 누군가에게 재미를 주기는커녕 내가 우울하지 않은 상태로 두 가지를 획득하는 것 자체부터가 불가능이네…….

그나저나 내 귓가의 여자는 도대체 어떻게 된 걸까. 궁금하지 않다. 남은 평생 궁금할 계획도 없다.

약간의 긴장과, 약간의 설렘과, 약간의 두려움과……

조금 더 많은 자신감만 있다면

무슨 일이든 신나고 재밌을 텐데.

2004. 08. 24.

버펄로 이론

― 세상이 공평할 거란 기대를 버려

새벽 1시. 우리가 다음 술집을 찾아 이동한 장소는 홍대 주차장 거리였다. 불혹을 넘어선 세 사람이 쉴 곳을 찾아 이곳에 온 날은 하필 금요일이고, 게다가 핼러윈이었다. 평일 출퇴근이나 주말, 휴가의 개념이 없는 우리는 이런 순간에 다시금 깨닫는다. 아, 맞다. 우리는 비정규직 근로자. 아무 때나 내키면 놀 수 있고 그러다 밤새도록 놀 수 있다. 다음 날 실컷 늦잠 잘 수 있고 느지막이 일어나 또 낮술을 즐길 수 있는 우리는 프리랜서. 외박하고 그다음 날 또 외박을 해도 집에서 바득바득 이를 갈며 기다리는 사람이 없는 우리는 불혹을 넘긴 싱글 프리랜서.

"언제부터 우리나라 사람들이 이렇게 핼러윈을 즐기기 시작한 거야?" 우리는 생경하고 재미있고 어색했다. "얘네들을 이렇게 움직이게 하는 힘은 뭘까?" 최근 이혼을 치르고 돌아온 A가 질문했다. "외로움"이라고 나는 대답했다. 지난여름, 꽃같이 예쁘고 젊은 여자와 짧고 뜨거운 사랑을 치른 B가 대답했다. "섹스."

다시 솔로가 되어 돌아온 독신주의자 B는 요즘 들어 부쩍 자신을 여든 살 노인네 취급한다. 나는 실눈을 뜨고 다시 한 번 홍대 주차장 거리를 주시했다. '쟤네들은 외롭다⋯⋯' 생각하고 보니 전부 외로워 보인다. '쟤네들은 섹스하고 싶어서 저런다⋯⋯' 생각하니 발정난 기운이 온 거리에 넘치는 것 같다. 나는 실눈을 하고 B를 본다. '아⋯⋯ 섹스가 정말 중요한 사람을 나는 순정을 바쳐 짝사랑했구나⋯⋯.' 조금 속상해졌다. 이번엔 시선을 돌려 애초 질문을 던졌던 A를 다시 본다. 그가 이혼 준비 중이라는 소식을 들은 건 6개월 전이다. 그에게 사랑하는 사람이 생겼기 때문이라는 소문도 있었지만 진실은 아무도 모른다. 두문불출로 한여름을 보내고 나타난 그는 많이 야위었고 새까매져 있었다. 우리는 A의 제2의 인생을 위해 축배를 들었다. 그냥 지금 우리가 그에게 해줄 수 있는 최선은 '농담'밖에 없었기 때문이다. 나는 혼자 생각했다. A는 모두에게 사랑스럽고 좋은 사람이라서 곁에 있는 사람에게는 나쁜 사람일 것이다. 그래서 그의 아내는 고통스러웠고 결국 이혼하게 됐을 것이다. 그의 아내가 누구인지도 모르고, 아무도 모를 부부지사에 대해서 나로서는 더더욱 이해할 능력도 없으면서 나는 혼자 그렇게 단정 지었다. 나는 A, 당신을 이해하고 싶지 않아. B가 내게 그런 사람이었기 때문이지. 나빠도 좋은 사람. 그런데 날 사랑해주지 않는 B를 미워할 수도 버릴 수도 없어서 짜증이 났다. 제기랄.

우리는 독주를 마셨다. 천천히 쉬지 않고 계속 마셨다. 어느새 모든 술집이 문 닫을 시간. 잔뜩 취해서 마지막 코스는 떡볶이집으로 결정했다. 어지러운 코스튬플레이 무리를 헤쳐 떡볶이집까지 걸었다. 떡볶이집마다 밤새 파티를 즐긴 젊은이들로 꽉 찼다.

"버펄로 이론 알아요?" A가 입을 열었다. "버펄로는 무리 지어 이동할 때 맨 뒤에서 달리는 버펄로 속도에 맞춰서 전체가 움직인대요. 육식 동물의 습격을 받으면 후방을 담당하는 버펄로들이 제일 먼저 잡아먹혀요. 모두 죽지 않기 위해서 개네들 속도에 맞춰 움직이는 거예요. 우리는 맨 뒤에서 달리는 버펄로예요." "왜?!" 나는 발끈했다. "그게 무슨 소리야? 말도 안 돼. 왜 우리가 희생을 해야 돼?" "잘 생각해 보면 희생이 아닌 거지. 뒤에서 달리는 버펄로가 전체를 움 직이잖아. 그리고 전체를 구하고." "난 싫어요. 난 누구도 구 할 생각 없어." "사람들은 우리를 보면서 '저렇게 사는 사 람도 있구나' 하면서 자기네 삶을 반추하는 거지. 그러니까, 우리는 전체의 밸런스를 맞춰주는 사람들. 인구 조절도 해 주잖아." "그게 좋아요? 맨 뒤에서 달리는 버펄로가 정말 좋 아요?!" "전체를 구하잖아." "완전 짜증 나."

나는 신경질이 났다. 우리가 전체를 위해 존재하는 사람 들이라고? 미쳤어? 아무도 몰라주는데 우리끼리 전체를 구한다고? 내가 미쳤어? 나는 떡볶이를 와구와구 먹었다. 지금 허기를 채우지 않으면 자고 일어나서 혼자 쓰린 빈속 을 채워야 한다. 뭐든 같이 먹을 수 있을 때 먹어두자. 와 구와구. 순대도 먹자. 괜찮을까? 먹자, 다 먹자. 다 먹었다. 떡볶이 3인분에 순대 3인분. 어묵 3개. 국물까지 싹싹 다 먹 었다.

새벽 5시, 배가 너무 불렀다. 너무 배가 부르니까 잠시 사

라졌던 취기가 다시 밀려왔다. 너무너무 배가 부르고 정말이지 너무 어지러웠다. 지금 이 시간, 인간이 누릴 수 있는 최악의 컨디션 '베스트 3' 안에 들어갈 만큼 불쾌했다. 나는 불쾌한 포만감과 취기를 참지 못하고 이맛살을 찌푸린 채 입을 열었다. "나는 안정을 원한단 말이야. 이제 더 이상 내 인생을 소비하면서 살고 싶지 않단 말이야. 난 확실하게 안정을 원한단 말야!" "그럼 경미 씨는 결혼을 해야겠다." 이혼을 한 A가 말한다. "네⋯⋯." 참 뭐라 덧붙일 말도 없고 좋은 생각도 안 떠오른다. 침묵이 흐른다. B가 말한다. "가자."

　밖으로 나오니 해가 다 떴다. 홍대 주차장 거리는 굴러다니는 쓰레기로 어지러웠고, 코스튬플레이를 한 젊은 사람들은 도무지 해산할 기미가 없었다. "난 너무 불행해!" 나는 소리를 바락 질렀다. "나도 너무 불행해⋯⋯." 독신주의자 B가 중얼댔다. '그래, 너는 당연히 그렇겠지.' 나는 속으로 빈정댔다. '새파랗게 젊은 년이랑 여름 내내 놀다가 그년 떠나고 나랑 있으니까 전부 다 불행하지?' 갑자기 너무 신경질이 났다. "아우, 열 받아!" 나는 애꿎은 A를 노려본다. "이게 다 너 때문이야!" 그랬더니 B가 입을 연다. "집에 가자."

핼러윈. 불혹을 넘기고 대단한 부나 괜찮은 명예, 따뜻한 가정도 없는 우리는 코스튬플레이를 한 젊은이들로 펄떡이는 홍대 주차장 거리에서 이렇게 핼러윈을 보냈다. 다음 날 아침, 잠에서 깼다. 지난밤 일들이 주마등처럼 지나간다. 맙소사. 지난 새벽, 밤새 핼러윈을 뜨겁게 보낸 젊은이들의 난장판 가운데 서서 지나친 취기와 불쾌한 포만감에 어쩔 줄 모르고 당황한 채 나는 '안정'을 부르짖고 말았다.

문득 작년 연말의 기억이 떠올랐다. 조촐한 송년회 자리에서 A가 질문했다. "'나'를 움직이게 하는 게 뭐라고 생각해요?" 다른 사람들의 대답은 기억이 안 나는데 A의 답이 번개처럼 스쳤다. "나를 움직이게 하는 건 '죄책감'이에요." 전날 밤, 마르고 새까매진 얼굴로 오랜만에 나타난 A의 얼굴을 다시 떠올린다. 음, 정말 맨 뒤에서 달리는 버펄로가 좋은 걸까? 나빠도 좋은 사람이 매사 가슴속에 품고 있을 고맙고 미안한 마음의 무게를 생각해본다. 그래도 나는 이해할 수 없다. 그냥 그가 안고 있는 그의 무게를 즐겁게 함께할 존재가 꼭 나타났으면 좋겠다. 맨 뒤에서 달리는 버펄로니까 더더욱 같이 맨 뒤에서 달리는 버펄로를 만나 사람이 누릴 수 있는 지적인 행위, '그럼에도 불구하고 함께한다

는 것', 그것을 A도, B도, 나도 누렸으면 좋겠다. 전체를 구
한다는 의미만으로도 정말 신경질이 나 죽겠는데.

불타는 싫은 마음

지난 2주간 스위스 프리부르 국제영화제에 다녀왔다. 이 번 주 나의 칼럼에는 그곳에서 지내면서 만난 다채로운 사 람들과 아름다운 자연에 대한 단상을 쓰려고 했는데, 지난 밤 시카고 오헤어 공항의 유나이티드항공기 안에서 벌어진 폭행 사건 동영상을 본 이상 그 계획은 다 틀렸다.

그동안 살면서 깨달은 점 하나는, 선의와 도덕성이 아무 리 충분해도 나와 같은 입장이 아닌 사람에게 온전한 동의 와 공감을 구하기는 쉽지 않다는 사실이다. 살아온 배경이 제각각인 우리. 그러나 인생은 덧없이 짧고, 세상이 변하는 속도는 걷잡을 수 없이 빠르고, 성공을 위해 수단과 방법을 가리지 않는 시대에 어떻게든 살아남겠다고 아등바등 버티 기는 다 마찬가지다. 그러니 이해 못 해주는 상대만을 탓할 것이 아니라 상대가 살아온 사회와 이 사회를 만든 역사를 탓해야 하나, 싶다가도 그것 또한 인간이 빚어낸 것인데 그렇다면 대체 인간이란 무엇인가 생각하기 시작하면, 나도 인간인데 이거 도무지 어디에다가 화를 내야 할지 견적이 나오지 않아 무력감을 가질 때도 있었다.

　요즘 영화제 초청을 받아 해외에 나갈 일이 많다 보니 조금 불편한 일들을 몇 번 겪었는데 유나이티드항공 사건이 드디어 내 머리꼭지에 불을 붙였다. 그러니까 피를 흘리며 비행기 밖으로 짐승처럼 끌려 나가는 동영상 속의 아시아인이 꼭 나처럼 느껴졌단 말이다.

　언젠가 미국의 한 공항에서 탑승을 마쳤는데 나만 다시 불려 나가 30분 넘게 신분 조사를 받았다. 또 다른 공항에서는 검색대를 통과하던 중 한 백인 커플이 내 앞으로 새치기를 했다. 그들은 내가 만진 바구니를 더럽게 취급했고 아이와 함께 검색대를 통과하는 인도 여인에게 굼뜨다며 큰 소리로 욕설을 퍼부었다.

　나는 말 한마디 못 했다. 무서웠기 때문이다. 그렇게 검색대를 무사히 통과하고 이 속상한 심정을 어디에 하소연해야 할지 몰라, 혼자 술을 잔뜩 퍼마신 후 탑승했는데, 경찰들이 들이닥쳐 나를 강압적으로 끌어 내리는 바람에 머리가 깨지고 이도 부러지고 결국 피를 토하며 나는 짐승처럼 질질 끌려 나가…….

어머나. 쓰다 보니 또 화가 나서 나도 모르게 그만 '혼자 술을 잔뜩 퍼마신' 부분부터는 각색을 하고 말았네!

같은 입장이 아닌 사람에게 온전한 동의와 공감을 바라진 않는다. 마음이 싫다는데 어쩌겠나. 나도 사람인지라 살다 보니 나쁜 줄 알면서 싫은 마음이 생길 때가 있다. 다만, 정당한 이유가 없다면 티 내진 말자 이 말이다. 마음 깊이 우러나오는 존중도 아름답지만, 때로는 정말 싫은 마음을 완벽하게 숨기기 위해 최선을 다하는 일도 아름다운 존중이다. 진짜 싫은 상대를 위해 이 불타는 싫은 마음을 숨기는 게 얼마나 힘든데.

아무튼, 저 인종 차별 유나이티드항공 사건은 나의 지난 기억들을 다시 떠올리게 만들었다. 내일모레 미국 미니애

폴리스 영화제 참석차 출국해야 되는데……. 요즘 나는 정말이지 세상이 무섭다.

어젯밤, 스위스에서 귀국하던 중에 겪은 또 다른 사건이 있다.

이번 스위스행은 C 항공을 이용했다. 문제는 C 도시의 환승 과정에서 발생했다. C 항공은 내게 복잡한 주문을 했다. 그러니까 여기에서 짐을 찾은 뒤 복잡한 출국 절차를 거쳐 밖으로 나갔다가 한국행 티켓을 다시 발권받은 뒤 가지고 나간 짐을 다시 부치고 복잡한 입국 수속을 또다시 밟아야 한다는 것이다. '이런 경우가 어디 있느냐' 항의해보았지만 이게 C 항공사의 규정이니 따라야 한다고 했다. 환승할 때 이런 경우는 흔치 않다. 게다가 내게 주어진 환승 시간은 고작 두 시간인데, 절대 불가능한 스케줄이었다. 하지만 저들 규정이고 저들 나라에선 그렇게 해야 한다니 일단은 서둘렀다. 출입국 수속을 위해 단기 비자부터 발급받아야 했다. 줄은 한없이 길고 시간은 촉박한데 비자 심사관은 두 차례나 나를 되돌려 보냈다. 그 과정에서 내 뒤의 한국인 부부는 울고 있었다. 이곳 면세점에서 구매한 수십만 원

상당의 물품들을 세관에서 압수해갔는데, 대한민국 여권을 보더니 갑자기 태도가 고압적으로 바뀌었다며 하소연했다. 그 아수라장에서 나는 결국 비행기를 놓치고 말았다.

득달같이 데스크로 달려가 따져 물었다. C 항공은 '우리는 모르는 일이다. 제네바에서 당신이 처리를 잘못 받았다'라며 무책임하게 대답했고, 나는 그만 데스크를 탕탕 치며 "너네 지금! 니네 나라에서 내가 한.국.인.이라서 나한테 이러는 거냐!"라고 소리 질렀다. 아, 잠깐. 짚고 넘어가자면 'C'는 미국이 아니다. 중국이다. 그리고 나도 안다. 저것은 '성급한 일반화의 오류'라는 걸.

> 1. 여기는 중국이다.
> 2. 나는 지금 부당한 처우를 당했다.
> 3. 왜냐하면 내가 한국인이기 때문이다.

사실 사고의 원인은 '아직 알 수 없다'가 맞다. 그런데 최근 한국과 중국 간의 불편한 관계를 나는 계속 신경 썼던 것이다.

필요 이상의 두려움은 이성을 마비시키고 결국 실수를 만든다. 무서워하든 안 무서워하든 닥칠 일은 닥친다. 그렇다면 안 무서워하는 편이 여러모로 모양새도 안 빠지고 낫겠다 싶어서 나는 당장 유나이티드항공을 검색한다.

'유나이티드항공'의 모기업 '유나이티드 콘티넨털 홀딩스'는 승객 숫자 기준으로 세계 최대, 항공기와 취항지 숫자 기준으로 세계 2위의 항공 기업이다. 자, 그럼 이제 이글이글 불타는 나의 싫은 마음은 잠시 접자. 그리고 이성적으로 생각해보자.

1. 유나이티드항공은 공룡 항공이다.
2. 유나이티드항공은 전에도 인종, 성별 그리고 장애인에 대해 폭력적인 차별을 해왔다.
3. 나는 아시아인에다가 여성이다.
4. 아, 안 되겠다. 계속 무섭다.

작전을 바꾸자. 내게 선하고 따뜻했던 외국인들을 떠올리자. 모스크바 하숙집 할머니 밀라, 소울메이트 조지아 다비드, 스위스 요리사 제롬, 제롬의 여자 친구 사브리나, 사브리

나의 고양이 리나, 아일랜드 남자 친구 피어스, 피어스 엄마 리즈, 리즈의 앵무새 쟈콥……. 아…… 이제 좀 진정된다. 아무쪼록 잘 다녀오겠습니다.

지하철 안.

오른쪽에 앉은 태국 여성과 왼쪽에 앉은 미국 흑인 남성이 나를 사이에 두고 서로 통성명하고 취향과 생일을 묻는다. 금세 친해지더니 페이스북 친구가 된다. 태국 여성은 김태희처럼 생겼고 그는 밥 말리같이 생겼다. 그 사이에서 난 오징어다.

2014. 03. 19.

내가 여자라서

　은퇴한 강력계 형사를 만났다. 다음 작품을 하려면 그의 허락이 반드시 필요했기 때문이다. 같이 술 한잔하다가 "당신은 나랑 싸움이 안 돼. 당신은 못 해. 안 돼"라며 그는 정중하게 나를 거부하고 그냥 가버렸다. 어쩐지 들킨 기분이 들어서 창피했다. 동시에 내가 남자였어도 이렇게 됐을까, 생각하게 된다. 그런데 남자였어도 이런 성격이면 안 됐을 것 같긴 하다. 숫기도 없고 넉살도 없고 그렇다고 체구로 이길 수도 없으니, 나는 확실히 이쪽 분야에선 여자 중에서도 열성이 맞다. 패배감을 안고 돌아와서 열다섯 시간 잤다. 거부당했다는 기분에 오기로 도전하기는 싫다. 그런데⋯⋯ 진짜 나는 안 되는 걸까. 사실 맘먹으면 할 수 있을 것 같긴 한데⋯⋯. 좀 불행해질 수도 있겠지만.

식당에 와서 혼자 밥을 먹는데 어떤 아줌마가 음식을 포장 주문

한 뒤 다른 빈자리도 많은데 내 식탁에 마주 앉아 음식을 기다린

다. 대체 저 아줌마 머릿속엔 뭐가 들어 있는 걸까.

2014. 03. 14.

내가 여자라서 그런가 분노

　어제 식당에서 혼자 김치찌개를 먹는데 식당 주인이 나한테만 물을 안 줬다. 오늘은 다른 식당에서 혼자 물냉면을 먹는데 가만 보니 나만 빼고 모든 테이블에 물주전자가 있는 것이다. '왜 나한테만 이런 일이 반복되는 거지……. 내가 여자라서 그런가? 혹시 나이 많은 여자라서? 내가 힘없게 생긴 나이 많은 여자라서?!' 문득 내 옷차림새를 다시 훑어봤다. 잠옷은 절대 아닌데 이대로 이불 속에 들어가도 편한 차림새이긴 하다. '그렇다고 내가 물 서비스도 차별당하나?' 한동안 잊고 지냈던 '내가 여자라서 그런가 분노'가 갑자기 치밀어 올랐다. 언젠가 SNS를 통해서 어떤 실험을 봤는데, 한 여자가 양 팔뚝을 문신으로 덮어버렸더니 사람들 태도가 확실히 공손해졌다. 하지만 또 다른 SNS에서는 어떤 여자가 가슴에 커다란 장미 다발 문신했는데 잘못돼서 커다란 장미 다발 모양의 흉터만 얻었다. 알고 보니 그 냉면 집의 물주전자는 비빔냉면을 시키면 나오는 육수 주전자란 다. 큰일 날 뻔했다.

대학 동창들이 연이어 결혼했다. 나는 독신인데 언제까지 남의 결혼식과 돌잔치에 돈봉투를 뿌려야 되느냐며 4년 전 부터 영원한 불참을 선언했다. 사실은 그때 너무 참석하기 싫고 축하해주기도 싫은 청첩장을 받았는데 거절할 명분이 없어서 홧김에 그런 선언을 했다가 이번에 다 무너졌다. 올 상반기에만 여섯 번의 결혼식에 참석했다. 그래도 돌잔치 는 영원히 안 갈 것이다.

한동안 못 보던 사람들을 오랜만에 만나면 복잡한 기분 이 든다. 되게 잘 어울려 지냈던 것 같은데 어쩌면 이토록 어색하고 불편할 수 있나 싶다. 일단 보고 싶지 않은 얼굴들 이 그 자리에 있는지 확인하면서 동시에 나를 보는 상대의 눈빛에서 혹시 내가 무슨 실수한 건 없을까 살피면, 나는 얼 굴부터 빨개져버리고, 빨개진 나 때문에 더 빨개지고 만다. "언니, 어디 놀러 갔다 왔어? 얼굴이 왜 이렇게 새까맣게 탔 어?" 이런 질문에 나는 속으로만 대답한다. '원래 너무 빨개지면 이렇게 새까매져……' 도망치고 싶다, 누군가의 결혼식 같은 그런 거.

우리 엄마의 한 지인은 20년 전, 젊은 나이에 요실금 수술을 받았는데 그 뒤로 원인 불명의 통증으로 고통 받아왔다. 청춘을 통증으로 다 보내고 장년으로 접어드니 드디어 문제점이 드러났다. 그건 바로 '실'이었다. 수술 중에 의사는 환자의 몸 안에 먼지만 한 실을 남기고 말았던 것이다. 그게 너무 작아서 그런지 그땐 미국의 전문 병원까지 가도 원인을 못 찾다가 드디어 세월과 함께 실이 불어나서 엑스레이를 찍으면 확인 가능하게 됐고, 마침내 실을 꺼냈다고 한다. 그게 그렇게 아프단다. 대체 그 먼지만 한 실이 뭐라고 사람 평생을 그렇게 좌지우지했을까. 그 뒤로 그분의 삶은 180도 달라졌단다. 문자 그대로 '새 삶이 시작됐다'고.

삶이란 무엇일까, 인생지사 세상 이치는 무엇일까, 고통으로 가득한 이 세상에서 나는 대체 어떻게 살아남을 수 있단 말인가, 이런 문제로 골 빠지게 고민하면 뭐하나. 먼지만 한 실 하나가 20년을 단절시키는데. '새 삶'에 방점 찍고 애써 긍정적인 해석은 하지 말자. 아무리 봐도 인생 그냥 복불복이다.

　요즘 시도 때도 없이 '항문 운동을 수시로 하라'는 문자를 받는다. 발신자는 우리 엄마다. 어차피 아무도 못 보니까 운전할 때도 일할 때도 항문 조이는 운동을 계속하라고, 그래야 요실금을 막을 수 있다고 그런다. 20년을 단절시킨 실을 생각하면 아무리 인생 복불복이라지만, 그렇다고 나 몰라라 그냥 둘 순 없다. 생각난 김에 항문 운동을 하면서 오늘의 냉면집 육수 주전자로 다시 돌아가본다. 그래, 그건 전부 다 육수 주전자였다. 그럼 내 물은 어떻게 된 거지. 분명히 '물 셀프'는 없었는데. 그게 내가 여자라서 그런 건 아무래도 아닌 것 같고. 그럼…… 다들 물 대신 육수를 마시나?? 보통 냉면집에 가면 다들 물 안 마시고 육수 마시나???

diary

〈잘돼가? 무엇이든〉음악감독님의 음악 파일 제목은 '잘돼가나
요?'였다. '무엇이든 잘돼가' '괜찮아 무엇이든' '무엇이든 잘
될 거야' 등등 모든 스태프들이 각기 자기만의 제목을 갖고 있
는〈잘돼가? 무엇이든〉. 이제 영화 음악 쫑!

2004. 01. 18.

꿈에서 만난 그는 아주 별 볼 일 없는 인간이었다. 별 볼 일 없
는 인간들이 죄다 나타나서 일제히 나를 괴롭혔다. 끌고 당기
고 붙잡고 막 발로 밟다가 뛰기도 하고 내 사지를 톱으로 자르
고 칼로 내 배를 갈라 내장을 꺼내놓고 서로 잘났다고 자랑 질
을 해댔다. 요즘 계속 악몽을 꾼다.

2004. 04. 20.

견딜 수 있는 시련은 모두 거름이라

하여,

달갑게 환영하겠소.

2005. 05. 28.

진정한 믿음은 미친 상태인지도 몰라요.

2005. 06. 03.

정 대표님의 부고를 들은 날, 심한 충격을 받았는지 밤새 잠을
설치다가 설핏 잠이 들었는데 악몽을 꿨다. 나는 꿈에서 사람
을 네 명이나 죽였다. 그것도 한 손으로 사람을 들어 사방으로
패대기치며 대가리를 죽사발로 만들었다. 나는 사람을 패대기
치면서 너무 슬펐다. 내가 이렇게 죽이지 않으면 아무도 내 말
을 믿어주지 않았다. 이렇게 죽이지 않으면 아무도 나를 보아
주지 않았다. 나는 왜 사람을 이렇게 죽일 수밖에 없는 걸까, 너
무 슬퍼서 막 울면서도 네 사람이나 패대기쳤다. 가슴이 찢어
질 듯 아팠다.

그러고 꿈에서 깼는데 너무 무서워서 거실로 나갔다. 엄마는 아직 안 자고 있었다. 나는 그냥 악몽을 꾸었는데 좀 무섭다고 말했다. 엄마가 나를 꼭 안아주면서 니가 마음이 힘들구나 했는데, 그때 알았다. 아, 내가 마음이 힘들구나.

2009. 05. 20.

아침, 박 감독님의 전화. 한마디로 요약하자면 모호 사무실에서 방 빼라는.
오후, 엄마의 단호한 말씀. 한마디로 요약하자면 다음 주 이사하는 대로 내 방은 용도 전환될 것이니 확실히 방 빼라는.
삶은 계속된다.

2009. 06. 03.

삶이라는 피할 수 없는 패배에 직면한 우리에게 남아 있는 유일한 것은 바로 그 패배를 이해하고자 애쓰는 것이라고 밀란 쿤데라는 말했다.
어제오늘, 엄마가 이사를 도와줬다. 십자고상을 달고, 성수를 뿌린 뒤 성호를 긋고 긴 기도를 소리 내 해주었다. 이렇게 말로 기원하면 그 말이 반드시 하늘에 닿는다며 앞으로 힘들 때면 지금 엄마가 해준 기도를 기억하라고 했다. 힘들다고 좌절하거나 투정하지 말라며 원래 인생은 다 고행이라고 했다. 내가 정말 좋아하는 밀란 쿤데라의 말도 내 인생의 등불인 엄마의 말도 죽을 때까지 모른 척하고 싶다.

2009. 06. 14.

요즘 나는 나를 재우고 입히고 먹이는(특히 먹이는 데 무척 주력하고 있음) 일에 온통 집중한다. 오늘은 내게 무엇을 먹일까, 적절한 식단과 요리 노하우를 쌓는 데 골몰하고, 정기적인 환기에 매우 신경 쓰며, 수시로 청소해줌으로써 먼지 없는 쾌적한 실내 환경을 만들어주고, 싱크대, 화장실, 다용도실 하수구에서 올라오는 냄새를 없애기 위해 하루에 두 번은 닦고 또 닦으며, 숙면을 위해 좋은 냄새와 촉감의 실내복 준비에 특히 신경 쓴다. 그 짓을 하느라, 나를 재우고 입히고 먹이는 일에 힘쓰느라, 다른 일은 하나도 못 한다.

일상 불균형.

2009. 11. 18.

하기 싫은 것을 해보자.

그럼 내가 달라질 것이다.

2004. 03. 17.

2부

나를 가지고,
나를 웃겨서,

내가 위로받은

잘돼가? 무엇이든

꿈을 꿨다. 시험장이었는데, 나는 시험지에 있는 문제를 하나도 이해할 수 없었다. 이원석 감독이 1번 답은 〈해피 엔드〉라고 알려줬다가 감독관에게 걸렸다. 2번부터 다시 막혔다. 주변을 둘러보니 다들 열심히 문제를 풀고 있었다. 패배감과 소외감에 짓눌려 숨을 쉴 수 없었다. 감독관을 향해 손을 들었고, 시험을 포기했다. 원석 감독은 나한테 3년만 공부하면 된다고 위로해줬지만 나는 앞으로도 자신 없었다. 꿈에서 깼는데도 감정은 계속됐다. 어릴 적 늘 느끼던 패배감이었다. 항상 남들보다 많이 노력해야 남들 절반이나 겨우 따라잡을 수 있다고 느껴왔던 시간들.

삼십 대 초반이었던 것 같다. 친구와 재미 삼아 종로 길거리에서 사주를 봤다. 당시 유부남과의 연애 문제로 고민이 많던 친구가 먼저 봤는데, 기가 막히게 다 맞히는 것이었다. 하도 신기해서 나도 봤다. 내 사주는 '낮을 들고 갈대밭을 베며 걸어가는' 팔자란다. 진짜 열 받았다.

우리 회사는 성공 신화를 이룬 거대 중소기업이었다. 그러나 나의 이십 대 회사 생활은 암울했다. 8시 반 출근, 밤 11시 퇴근. 왕복 네 시간 거리를 일요일을 제외하고 매일 출퇴근했다. 휴가라곤 1년에 3박 4일이 전부였다. 평균 수면 시간을 하루에 여섯 시간 이상 확보할 수 없었다. 당시 우리 집은 경기도 외곽에 위치했는데 매일 아침 시외버스 입석으로 두 시간 넘게 러시아워를 견디다 보면 별의별 일이 다 생겼다. 누가 방귀 뀌고 누가 토하는 일보다 더 잊을 수 없는 사건은 급설사 터지기 일보 직전인데 경부고속도로 상행선에 갇힌 나였다. 내 평생 목숨을 걸고 주님께 기도했다. 제발 이 버스 안에서만큼은 나의 설사를 허락하지 말아달라고.

매달 통장에 돈은 쌓여갔지만 그 돈을 쓸 수 있는 시간이 없었다. 당시 나의 유일한 사치는 회사 친구 오제이, 다샤와 함께 정크푸드 고칼로리 저녁 식사를 하는 정도였던 것 같다. 회사에서 내 이름은 밀라였다. 그렇게 배 터지게 먹고 나면 우리는 다시 사무실로 복귀했다. 나는 회사의 핵심 세력인, 대머리 러시아인 세르게이 상무의 비서였다.

박 사장은 전설적인 인물이었다. 뛰어난 리더십과 추진력으로 IMF 시절에도 회사는 흑자를 유지했다. 박 사장은 늘 오픈 데스크에서 직원들과 함께 일했는데 이게 진짜 '왓 더 헬'이었다. 차장이든 팀장이든, 박 사장에게 걸린 날이면 전 직원이 다 보는 앞에서 처참하게 깨졌다. 백 차장은 재떨이로 맞았다는 소문도 있었다.

그런 백 차장 밑에 오제이가 있었다. 오제이는 진짜 일을 잘했다. 백 차장도, 대머리 세르게이도, 천하의 박 사장도 그녀 앞에선 꼼짝 못 했다. 그런 오제이랑 제일 친한 사람은 나였다. 그리고 오제이는 대머리 세르게이를 참 좋아했다.

처자식이 있는 대머리는 시도 때도 없이 나를 성희롱했다. 어쩌다가 단둘이 방에 남게 되는 시간이 나는 제일 끔찍하고 무서웠다. 나중에 퇴사한 뒤 오제이한테 이 사실을 털어놓았을 때 오제이는 패닉이 됐던 것 같다. 나는 3년 넘게 성희롱당해온 사실을 회사의 누구에게도 말하지 않았다.

내가 대학을 졸업한 해에 IMF가 터졌다. 나는 졸업 학점이 아주 좋았지만 소용없었다. 남자들은 대부분 굴지의 대기업에 취직했고 여자들은 취직이 어려워 대학원에 진학하거나 공무원 시험 준비를 했다. 수십 번 낙방 끝에 내가 겨우 얻은 직장이 이곳이었다. 어렵게 입사했는데 대머리를 폭로하면 나만 해고될 게 뻔했다. 2년 뒤 내게 쫄따구가 생겼다. 다샤라고 이름 지었다. 다행히도 다샤는 대머리로부터 안전했다.

우리 회사의 신년 하례식은 조금 특별했다. 여직원들은 모두 한복을 입고 회장님한테 절을 했다. 지금도 나는 이 행사가 무슨 의미인지 도대체 이해할 수 없다. 아무튼 그날이되면 다들 한복을 갈아입느라 비좁은 여직원 탈의실이 말그대로 지옥이었다.

오제이는 영화를 좋아했다. 《씨네21》에 수록된 영화 제목 퍼즐 맞추기를 즐겼다. 다샤는 영화, 음악, 독서 등 다양한 문화생활에 관심이 많았다. 그래서 다샤와 오제이는 대화가 잘 통했다. 둘이서 뭔가 어려운 대화를 나눌 때 좀 멋있었다. 나는 우리 셋 중에 가장 단순한 편이었지만 스트레스가 극심한 날엔 다샤와 둘이 몰래 회사 비상구에서 담배를 피웠다.

어느 날엔가 다샤가 일본 만화책에서 본 문구를 알려줬다. "좋은 구두를 신으면 그 구두가 나를 좋은 곳으로 인도해줄 거야"라는 대사였다. 더운 여름날 토요일이었다. 우리는 그날도 늦은 퇴근을 한 뒤 즉흥적으로 명동의 수제 구두 가게에 가서 새 구두를 맞췄다. "좋은 구두는 꼭 우리를 좋은 곳으로 안내해줄 거야." 우리에게 좋은 곳이 어딘지 모르겠지만 적어도 이 회사가 우리 인생에서 제일 좋은 곳은 아니기를 바랐다.

이후 다샤는 퇴사해서 중학교 선생님이 됐고 나는 퇴사해서 영화학교에 들어갔다. 오제이는 우리가 퇴사하고 얼마 있다가 대기업으로 스카우트됐다. 나는 당시 우리들의 이야기를 단편으로 만들었는데 이게 대히트를 쳤다. '잘돼가? 무엇이든'이라는 제목은 내가 지었는데 제목과 영화 내용은 아무 상관없다. 미래에 대한 작은 기대도, 설레는 희망

한 조각도 없이 그저 살아야 되니까 살던 그 시절의 나에게 안부를 묻고 싶었다.

〈미쓰 홍당무〉 촬영할 때였다. 촬영 장소로 서대문구에 위치한 레지던스의 방을 하나 빌렸는데 촬영 당일 문제가 생겼다. 투숙객이 마음을 바꿔 체크아웃을 거부했고, 이 때문에 모든 촬영 스케줄이 엉망진창이 됐다는 것이다. 투숙객이 러시아인이라는 얘길 듣고 대뜸 이름이 뭐냐고 물은 나도 웃기지만 그가 대머리 세르게이라는 사실은 더더욱 기가 막힌 일이었다.

원수는 외나무다리에서 만난다더니 도대체 믿기 힘든 우연으로 우리가 다시 만나긴 했지만 복수할 기회는 없고 부탁할 기회만 남았다니. '조까튼' 인생이다. 나는 지금도 그날의 치욕을 빠짐없이 기억하는데 직접 마주하고 비굴하게 사정해서 촬영을 허락받았던 그날, 그놈의 방 유리창 너머로 엄청난 불을 봤다. 모두 촬영하다 말고 불구경을 했다. 그게 바로 남대문이었다. 어느 미친놈이 남대문에 불을 질렀다는 것이다. 그래서 내가 대머리를 다시 만난 그날을 결코 잊지 못한다.

'갈대밭을 베며 걸어가는 팔자'라고 아저씨가 그랬다. 나는 진짜 열 받았다. 인생에 큰 굴곡은 없었지만 늘 미래가 안 보이니까 답이 없고 무서웠다. 대학 졸업하고 취직을 했다. 남들 보기엔 안정적인 세팅인데 나는 미래가 안 보였다. 회사 그만두고 다시 학교 들어가니 이젠 남들 보기에도 불안정한 세팅에 미래는 계속 안 보였다. 주변을 둘러보면 다들 열심히 답을 적고 있는데 나만 빈 시험지를 붙잡고 시간은 계속 흐르는 시험장에 앉은 기분이었다.

영화감독 입봉도 했고 8년 만에 두 번째 영화도 만들고, "잘돼가? 무엇이든" 하고 누가 질문한다면 나는 갈대 무성한 망망무제한 벌판에서 낫을 들고 서서 외치겠다.

"어떻게 이렇게 평.생.을 살아요, 아저씨이??!"

미쓰 홍당무

남몰래 짝사랑하던 유부남이 젊은 여자랑 바람났다는 소식을 전해 듣고 쓴 이야기가 〈미쓰 홍당무〉다. 혼자 좋아해도 어떻게 해보겠다는 마음은 차마 품지 못했는데 나도 아는 여자랑 그 남자가 어떻게 됐다고 하니 그럼 나는 어떡하지, 속상한 마음으로 내가 나를 가지고, 나를 웃겨서, 내가 위로받은 영화가 〈미쓰 홍당무〉다.

사랑을 잃고 직업을 얻은 셈이니, 천만다행이다.

영화감독을 꿈꿨던 적은 단 한 번도 없었다. 다만 지겨운 직장 생활의 작은 이벤트 삼아 영화학교에 입학 원서를 낸 일이 이렇게 됐을 뿐이다. 그런데 왜 영화과를 지원했냐 하면 영화감독을 꿈꾸는 주변 친구들이 거기에 원서를 냈기

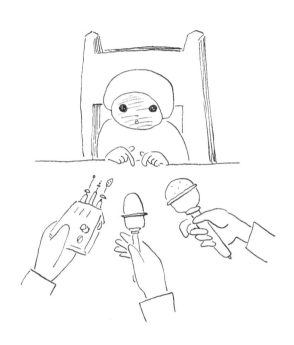

때문이다. 사실 내 오랜 꿈은 연극배우였다.

구체적인 계획을 가지고 시작한 일이 아니었다. 만일 그때 오랫동안 사귀던 남자 친구가 결혼을 앞두고 도망치지 않았다면 나는 직장 생활 하면서 그 남자와 결혼해서 아이 낳고 직장 그만두고 육아와 살림을 병행하다가 우울증을 극복하기 위해 바람나서 결국 이혼했겠지.

더 거슬러 올라가, 만일 고3 때 아빠의 반대만 없었다면 나는 아마도 연극영화과에 진학했을 것이다. 신나게 대학생활을 즐겼겠지. 거기서 남자 친구를 만나고 헤어지고 다시 만나고 그러다가 다른 남자 만나고 안 헤어졌는데 또 다른 남자 만나고 그러다가 원래 남자한테 들키니까 나도 나를 모르겠다며 우울증을 극복하기 위해 종교에 빠졌겠지.

그래서 '어떻게 영화감독이 됐느냐'는 질문을 받을 때마다 나는 참 창피하다. '오래 사귀던 남자 친구가 결혼을 앞두고 절 버렸거든요. 그래서 홧김에 원서를 냈는데 합격해 버렸어요. 회사 다니기 너무 싫었는데 좋은 핑계가 생긴 거예요. 그래서 그만 부모님께 일생일대의 연기를 선보였죠.

마치 평생의 꿈이 영화감독인 사람처럼.' 이렇게 대답할 순 없단 말이다.

마찬가지로 '어떻게 〈미쓰 홍당무〉 이야기를 만들게 됐어요?'라는 질문을 받을 때마다 나는 단 한 번도 솔직하게 대답하지 않았다. '유부남을 짝사랑했는데 그 남자가 내 친구랑 바람이 난 거예요. 그래서 열 받아서 썼어요. 영화 죽이게 만들어서 그 남자한테 잘 보이고 싶었다구요!'

이렇게 대답할 순 없지 않나.

비밀은 없다

2008년 10월 16일은 영화 〈미쓰 홍당무〉가 개봉한 날이다. 280여 개 스크린으로 시작해 손익 분기점을 겨우 넘기고 영화는 종영됐다. 당시 제13회 부산국제영화제에서 영화를 처음 공개하던 때를 지금도 잊지 못한다. 배우 공효진의 시뻘건 얼굴을 화면 가득 확대한 초대형 포스터가 해변에 설치됐는데, 나는 감동받아 울고 공 배우는 충격받아 울었다고 한다. 만일 그해 대한민국영화대상에서 그녀가 여우주연상을 못 받았다면 나는 두고두고 미안했을 것이다. 부산은 영화를 사랑하는 사람들로 매일매일이 축제였고, 거기에서 처음 환영받았다는 사실에 나의 입봉은 정말 행복했다. 그러고서 8년이 지났다.

2016년 6월 23일, 영화 〈비밀은 없다〉가 개봉한다. 요즘 세상에 8년이면 한 생명이 태어나 두 발로 걷고 한국어와 영어까지 구사할 수 있는 시간이다. 그동안 나는 박찬욱 감독님의 차기작 중 하나인 〈도끼〉 시나리오 작업을 했고 '여교사'라는 제목의 스릴러를 하나 썼다. 그러고서 달력을 보니 2011년이었다.

하루빨리 다음 영화를 만들어야 되는데, 빨리 만들어야 된다는 생각을 자꾸 하면 글이 안 써지니까 빨리 만들어야 된다는 생각을 안 하려고 노력하며, 하루하루를 나도 눈치채지 못하게 빨리 쓰려고 진짜 노력 많이 했지만, 〈여교사〉 프로젝트는 좋은 비전을 보여주지 못한 채 고이 접었다.

그때부터 불면증이 시작됐다. 그 어떤 수면제도 소용없었다. 3일, 72시간을 뜬눈으로 지새우기 일쑤였는데, 매일 침대에서 뒤척이다 동틀 때의 열패감이 어느 정도인지 겪어보지 않은 사람은 모른다. 정신이 깨어 있는 동안 머릿속은 전쟁터다. 아이디어를 생각해내야 하고, 나는 결국 이것을 못 해낼 것이라는 공포와 내가 이것을 해내지 못할 경우 인간이 상상할 수 있는 불행의 온갖 경우의 수를 시뮬레이션하면서도 새로운 아이디어를 계속 생각해내야 했다. 아무래도 이 프로젝트는 현생에서 어려울 것 같다는 결론을 내릴 즈음, 거울을 보니 누적된 스트레스와 수면 부족으로 나는 돌이킬 수 없이 늙었고 세상은 2012년 눈부신 봄이었다. 이 와중에 집주인은 전세금의 80퍼센트 인상을 요구했고 시간을 한 달밖에 주지 않았다. 시나리오 마감은 다가오는데 발을 동동 구르며 다른 집을 구하러 다녔다. 지금 생각해도 다시 화가 난다. 용서할 수 없다. 지금이라도 집주인 이름을 살생부에 적겠다. 그리하여 정말이지 너무 급하게 구한 집은……. 안 되겠다. 절대 용서 못 한다. 집주인의 이름을 살생부에 피로 쓰겠다.

아무튼 내게 2012년 눈부신 봄의 이미지는 집을 잃고 미래도 잃은 사람 형체의 뼈다귀가 길바닥에 쭈그려 앉은 내 모습이다. 그즈음, 미국에서 영화 〈스토커〉를 작업 중이던 박찬욱 감독님에게서 전화가 왔다. "그 〈여교사〉 시나리오 있잖아. 거기 서브플롯을 메인으로 발전시켜보는 건 어때?" 누가 그렇게 만들면 나도 재미있게 보겠는데 그걸 내가 할수 있을까, 고민하는 것도 사치였다. 무조건 쓰기 시작했다. 규칙적으로 움직이면 보다 생산적인 작업을 할 수 있다. '일어나면 요가. 쓴다. 점심 먹는다. 쓴다. 저녁 먹는다. 운동

한다. 쓴다. 잔다.' 이후 몇 차례 버전이 나왔으나 모두 좋은 반응을 얻지 못했다. 이제 진짜 더 이상은 죽.어.도. 못 해먹겠다 싶은 어느 날, 박 감독님이 툭 던지는 거다. "니가 지금 쓰는 걸 가지고 내가 미국 배경으로 리메이크하고 싶은데." '저는 아직도 풀지 못했는데 이걸 가지고 리메이크를 하신다고요? 그럼 저는 이걸 언제 다 쓰는데요?! (오열) 저보다 먼저 리메이크 버전이 나오면 제가 감독님 작품을 리메이크하는 건데……. 그건 누가 봐도 제가 좀 이상한 사람 같지 않겠어요???' 속으로 울부짖으면서 내 입은 이렇게 말했다. "그러면 우선 이번 시나리오가 풀릴 수 있도록 도와주세요."

그리하여 나는 박 감독님과 함께 '불량소녀'라는 제목의 이야기(이후 제목은 '비밀은 없다'로 바뀜)를 완성했다. 시작부터 파격적이었다. "두 소녀가 사랑하는 사이인 거야." 감독님이 던졌다. 와, 큰일 났다, 너무 좋다. 분명히 다들 결사반대할 텐데 아우 난 몰라, 너무 좋아, 감독님 핑계 대고 그냥 할래. 갑자기 용기가 생겼다. 모든 강박을 다 벗어던져버렸다. 그러니까 비로소 써지기 시작했다. 완성한 시나리오로 투자를 받는 일은 어렵지 않았다. 그러나 이후 끊임없는 설득과 협의의 과정은 필수였다. 1년 반에 걸친 후반 작업을 마무리하고 기술 시사를 마쳤다. 달력을 보니 2016년 6월 13일. 내일은 언론 배급 시사를 한다. 햇수로 8년 만이다.

길고 지난한 작업 과정에서 스스로에게 한계를 느낄 때마다 '본분을 지킨다는 것이 무엇일까'라는 질문을 기준으로 삼고 일어섰다.

그리고 여태 그래왔듯이 앞으로도 그렇게 일어서겠다.

이러기도 힘들었을 텐데 긴 시간을 끝까지 나를 믿고 함께해준 분들께 진심으로 고마운 마음과 사랑을 전한다. 그리고 나를 살려준 박찬욱 감독님께 정말 고맙습니다. 6월 23일 개봉이다. 〈비밀은 없다〉 잘 부탁드립니다.

창작을 하는 데 있어서 가장 큰 자산은,

습작이 아니라 어떻게 살아왔는가 하는 작가의 삶이다. (박완서)

아이 씨, 어떡하지.

2005. 05. 12.

믿기지 않는다. 끝이 보인다. 오 마이 갓. 한 신 남았다.

그런데 별 감흥이 없다. 내 시나리오가 아니라 그런가.

오히려 다음 행보를 생각하니 조급한 마음만 천근만근이다.

그래도 정말 행복하고 즐거운 시간이었다. 후회 없다.

생각보다 길었던 그간 파주 여정의 끝에서.

2010. 02. 07. 〈도끼〉 작업 중에.

임부 경찰 '마지'

누가 다른 사람 욕하는 것을 듣다 보면 나도 어딘가에서 저렇게 욕먹고 있을지 모른다는 두려움에서 캐릭터 연구는 시작됐다. '그 사람이 아무리 별로라도 그 정도로 너무 별로는 아닐지도 몰라. 왜냐하면 나도 그럴지 모르거든, 그러니까 제발 용서해줘……?' 뭐 이런.

내가 못나서 폐를 끼쳤을 직장 동료들에게 뒤늦게 용서를 구하는 마음으로 〈잘돼가? 무엇이든〉의 '희진 씨'를 만들었고, 짝사랑에 실패한 나에게 '제발 너 자신을 부끄러워하지 마!'라고 다짐하며 〈미쓰 홍당무〉의 '양미숙'을 만들었다. 그리고 '나처럼 이기적인 사람에게도 모성애가 있을까?' 하는 두려움에서 〈비밀은 없다〉의 '연홍'을 만들었다.

'마지라면 어떻게 했을까?' 마음이 소용돌이치느라 힘들 때 나는 지금도 '마지'를 떠올린다. 영화 〈파고〉의 임부 경찰 '마지'. 인간의 가장 추잡하고 더러운 모습을 추적하고 목도하는 직업을 가졌지만, 마지는 요란하지 않고 가정과 일을 감정적으로 잘 분리한다. 행복을 지키는 사람이 되고 싶다는 생각을 그때 처음 했던 것 같다.

뒤늦게 영화학교에 입학해서 일주일에 한 편씩 단편영화를 만들었다. 학교 지하 시멘트 바닥에서 숙식을 해결하면서 작업에 매달렸다. 이러다가 오늘 죽어도 아쉽지 않을 것 같았다. 예술에 대한 열망은 없었다. 영화감독을 꿈꿔본 적이 없었기 때문인 것 같다. 그땐 그냥 모든 게 성에 안 찼고 내가 살고 싶은 이유가 뭔지 찾고 싶었다. 적어도 '최선을 다해 찾아봤는데도 모르겠더라'라는 답이라도 얻으면 죽어도 후회는 없을 것 같았다.

"1. 돈 있는 부모 2. 돈 있는 배우자, 이 중 하나라도 없으면 영화감독 꿈은 접어라." 은사님이 얘기했을 때도 나는 그만둘 수가 없었다. 그만두면 갈 곳이 없기도 했지만 시작도 안 해보고 주변에 돈 있는 사람이 없어서 그만두기엔 좀 쪽

팔렸다. '감독 입봉'의 어려운 점 중에 하나는 실패를 해야 그만둘 명분이 있는데 한 작품을 완성하기까지 패배감을 가질 일이 다반사라서, 어디서부터가 실패인지도 본인이 정해야 한다.

어렵게 입봉하면 직업란에 '영화감독'이라고 쓸 수 있어서 다행이지만, 변함없는 생활고에는 당황할 수밖에 없다. 선배 영화감독의 부고를 접할 때마다 심장이 떨렸다. 영화를 만들고 싶은데 더 이상 만들 수 없어서 죽음을 선택하는 것만은 아니기를 바랐다. 8년 만에 두 번째 영화를 만들었다. 늘 긴장하고 있다. 내가 좇고 있는 목표가 나를 불행하게 만들면 빨리 그만두겠다, 수시로 다짐하지만 사실 이것 말고는 다른 대안도 없다.

그래서 나는 오늘도 '마지'를 떠올린다.
'마지'에게 진 빚을 나도 누군가에게 갚아야 할 텐데.

어느 여름의 시작

오랜만에 후덥지근한 오후였다. 올 들어 처음 반팔 티를 꺼내 입고 나섰다. 괜히 검은색을 입었다. 햇볕이 온통 내게로 달려든다. 너무 덥다.

오늘의 파티는 와인을 무척 좋아하는 김씨 부부가 일주일 전 왕창 사다 놓은 100만 원어치 상당의 와인들을 처분한다는 명목이 있지만, 실은 아내의 임신을 축하하고 싶은 김의 마음이 담겨 있기도 하다.

3시까지 한남동 김의 집으로 가기 위해 나는 분당 수내동 롯데백화점 지하 식품 매장 '미고'에서 파이를 사야 한다. 한남동으로 가기에는 좀 돌아가는 루트지만 임신한 김의 아내가 애플파이를 먹고 싶다고 했기 때문이다. 아, 잘됐다.

롯데백화점 들르는 길에 1층 여성 캐주얼 매장에도 들러 지난번 눈여겨봐둔 여름 티를 사야겠다. 마음에 드는 옷을 만나기 힘든데 가격과 디자인 모든 면에서 만족스러웠던 그 티를 브라운과 화이트 둘 다 사버려야지. 아 참, 그런데 백화점 카드가 없다. 5퍼센트 할인을 포기할 순 없다. 그러려면 백화점 6층 고객센터에 가서 카드 신청을 해야 한다. 시계를 본다. 2시가 다 되어간다. 택시를 타고 백화점에 가야겠다고 생각하는데 이미 버스 정류장에 도착했다. 510번 마을버스가 서 있다. 무심히 노선도를 보니 롯데백화점을 지난다. 어머낫. 마을버스를 향해 뛰는데 그냥 출발해버렸다. 어쩔까……. 그럼 마을버스를 기다리면서 택시를 잡아보자. 먼저 걸리는 걸 타고 가야지. 땡볕이 뜨거운데 내가 원하는 어떤 차도 오질 않은 지 20분이 지났다. 어쩌지……. 그 집에 빈손으로 갈 순 없는데……. 그렇다면 꼭 롯데백화점 미고 파이일 필요는 없으니까, 그냥 여름 티를 포기하고 한남동 가는 길에 분당 서현역에 잠깐 내려 파리크라상 키친에 들르는 것도 괜찮겠다, 그래 거기도 케이크가 괜찮더라, 생각하며 그럼 서현역 가는 시내버스가 뭐가 있더라……. 노선을 살폈다. 그러면서도 그동안 마을버스나 택시가 오면 수내동 롯데백화점으로 갈까, 생각했다. 시계를 보니 2시

반이 넘었다. 이젠 도저히 시간이 안 된다. 그렇게 생각하면서 마을버스나 택시나 서현역 가는 시내버스를 모두 기다린다. 그런데 한남동 가는 좌석버스가 계속 지나간다. 아, 어쩌지……. 너무 늦었는데 그냥 저 버스 타고 한남동 가서 그 근처 아무 베이커리나 들를까, 생각하는데 갑자기 정류장 한쪽에서 비명이 터진다.

80세는 넘긴 듯 뵈는 할머니가 쓰러져 있다. 버스를 타기 위해 뛰다가 넘어진 듯싶은데 상체를 일으키질 못한다. 나는 할머니가 놓친 장바구니를 정리하며 다가갔다. "아무래도 허리가 부러진 것 같아요……." 계속 중얼대는 할머니를 부축해보았지만 정말 허리가 부러졌는지 할머니는 고통스러운 비명만 지를 뿐 몸이 말을 듣지 않는 상태다. 엄마의 골다공증이 늘 불안한 나는 할머니의 뼈가 정말 부러졌다면 이 시간 이후로 할머니의 인생이 달라질 것이라는 예상까지 하고 만다. 할머니의 촉촉하게 젖은 두 눈에선 갑작스러운 일생의 큰 위기 앞에 선 황망함과 기댈 곳 없는 두려움이 뚝뚝 떨어지는 것만 같았다.

"정말 이상하다. 오늘 정말 이상했는데 결국……"이라고 말끝을 흐리며 할머니는 손을 덜덜 떤다. 오늘따라 해는 이 상하게 뜨겁고 나는 눈물이 날 것만 같았다. 일단 신고를 해야겠다는 생각까진 드는데 이런 일을 해본 적이 없는 나 는 주변을 둘러보며 "어디다가 신고 전화를 해야 하는 거예 요?"라고 외친다. 누군가가 119, 119라고 대답한다. 나는 생 전 처음 119에 전화해서 도움을 요청했다. 주변의 아주머니 두어 명이 달려와 할머니를 부축해 일단 의자에 앉혔다.

"내가 오늘 아침부터 정말 기분이 이상했는데…… 정말 이상하다……"라는 말만 연발하며 덜덜 떠는 할머니를 보 고 있자니 견딜 수 없이 괴로웠다. 그런데 마침 마을버스가 도착했다. 나는 "죄송해요. 제가 버스가 왔는데……"라고 말끝을 흐렸다. 그러자 아주머니들이 걱정 말라며 나를 떠 밀어냈다. 나는 못 이기는 척 버스에 올라탔다. 머릿속이 하 애졌다. 내가 한 사람의 삶의 중대한 터닝 포인트를 목격한 것이다. 그 앞에서 올 것이 왔다는 체념과 두려움이 가득한 할머니의 두 눈이 잊히지 않았고, 내 심장은 터질 듯 뛰었 다. 어쩌지…… 어쩌면 좋지…… 이런 생각만 가득한데 마 을버스가 서고 모든 사람들이 내린다. 창밖을 보니 이런, 정 자역이 종점인 완전히 엉뚱한 마을버스였다.

버스에서 내린 나는 시계를 본다. 3시를 훌쩍 넘겼다. "어쩌지…… 이제 어쩌면 좋지" 하고 있는데 수내동 롯데백화점 가는 버스가 다가온다.

어정쩡한 태도가 모든 일을 그르친다. 오늘 그 어정쩡한 태도 때문에 헤어스타일을 그르쳤다. 과감한 쇼트커트를 꿈꾸면서, "쇼트커트가 좋은데 너무 짧은 건 싫어요!" 그런데 "머리를 기를 생각은 전혀 없어요." 그렇지만 "혹시나 짧은 단발 느낌이 나는 건 싫어요." 이랬다가 정말 어정쩡한 스타일이 완성되었다. 연말인데 다 망했다.

2010. 12. 05.

궁극의 휴머니즘

"개는 왜 이렇게 자기 사생활도 없어?"

일편단심 고양이 집사 정아가 계획에 없던 개를 데려오게 되면서 온 일상이 뒤흔들리자 남긴 말이다. 개를 사랑하지 않는 정아가 개를 돌보는 일상은 누가 봐도 사랑이다. '이것은 사랑이 아니라 책임감'일 뿐이라고 말하지만 나는 그런 정아가 대단하다. 사랑을 해도 책임감은 부담스러운데 사랑이 없는 책임감이라니! 만일 그게 정말이라면 이것이야말로 궁극의 휴머니즘이 아닐까.

며칠 전, 한 통의 우편물을 받았다. '보내는 사람'은 세무서다. 옆엔 다음과 같은 문구가 적혀 있다. "오늘 낸 세금, 행복한 내일로 돌려받습니다."

나는 여기에 대해서 할 말이 별로 없다. 영화감독을 하겠다고 마음먹은 뒤 지금까지 환급받은 해가 세납한 해보다 더 많을지도 모르기 때문이다. 눈물을 반찬 삼아 밥 먹고 지내던 어느 시절에 알게 된 사실은 그나마도 소득이 너무너무 적으면 환급도 없다는 점이었다.

그동안 낸 세금으로 따지면 암만해도 불행해야 되는데 나는 염치 불고하고 조금 행복한 편이다. 언제나 그렇듯 되게 우울했던 몇 년 전 어느 날, 지인이 평균 수명을 계산해주는 인터넷 사이트를 알려준 적이 있다. '흡연을 합니까?' '가족 중에 암으로 죽은 사람이 있습니까?' '혼자 삽니까?' 이런 질문들이 이어지다 마지막 질문인 '행복합니까?'에 yes를 표시하는 나를 발견했던 것이다. 내심 테스트 결과를 잘 받고 싶어서 그런 건지 진짜 내가 행복한 건지 나도 헷갈렸지만, 어쨌든 이러자고 결정했다면 나의 우울증은 기본값으로 두고 앞으로는 입장 정리를 다시 하자 마음먹었다. 그래서 나는 염치 불고하고 조금 행복한 편이다. 언제까지 '행복한 내일'을 꿈만 꿀 것인가, 세상을 바꿀 수 없으니 내가 생각을 바꾸는 수밖에……

2009년 즈음, 박 감독님 집엔 두 마리의 블랙러시안 고양이가 있었다. 당시 나는 감독님 집에서 꽤 긴 나날 시나리오 작업을 했는데, 그때 내가 머물던 방엔 고양이 두 마리도 같이 살고 있었다. 두 놈은 나한테 조금의 관심도 주지 않았다. 게다가 내가 뭐 좀 어쩔라 치면 어찌나 신경질을 부리는지. '누군 뭐 좋아서 니들이랑 같이 사는 줄 아니. 나도 원래 고양이는 안 좋아했다고!' 아쉽지 않았다. 낮엔 혼자 있는 시간이 많지 않을 정도로 감독님과 사모님이 항상 함께였다. 좋은 공기와 자연, 맛있는 음식과 친절한 식구들도 밤이 되면 모두 사라졌다. 그러고 나면 매일 밤 혼자 남은 내 근처엔 지들끼리 아웅다웅 지내는 고양이 두 마리뿐이었다.

서서히 심연으로 가라앉는 이 기분이 외로움인지도 모르고 지내던 중, 그날도 긴 작업을 마치고 방에 누웠다. 아무 이유 없이 눈시울이 붉어지더니 따뜻한 눈물이 주르륵 내 볼을 타고 베갯잇을 적시는 것이었다. 맙소사, 그때 기적이 일어났다. 두 마리 중 한 놈이 슬쩍 내 곁으로 다가오더니 내 팔에 탁 붙어 앉아 제 얼굴을 내 살에 맞대고 조용히 비비는 것이었다. '나 이거…… 지금…… 어떻게 해석해야 하는 거니……?' 그렁그렁한 눈으로 그놈과 시선을 마주했다.

이것이야말로 궁극의 고양이즘이 아닐까. 내 마음의 스위치가 반짝, 켜졌다. 이후 어떻게 잠이 들었는지 기억이 없다. 다음 날 아침, 내가 두 놈 중 누구와 잤는지 알고 싶은데 구별을 못 하겠고 두 놈 모두 까칠하기는 전날과 마찬가지라서 나는 지금도 그날 밤 일만 떠올리면 꼭 귀신한테 홀린 기분이다. 내가 고양이를 좋아하기 시작한 건 그날부터다. 상대에게 마음을 열게 되는 순간은 참 이렇게 느닷없고, 마치 트라우마처럼 내 마음속에 새겨진다.

나는 초등학교 5학년 때 강남 8학군으로 전학을 가서 정규교육을 모두 마쳤다. 전학 간 초등학교는 학생들 간의 빈부 격차가 아주 심했다. 그 전까지는 '격차'라는 게 무엇인지 학습할 기회가 없었는데 이 학교에서 제일 충격받은 일은 선택된 아이들만 등하교시켜주는, 저들끼리의 사설 스쿨버스도 아니고, 한 반에서도 형편이 되는 아이들만 누리던 고급 급식 환경도 아니었다. 그때는 부모의 직업과 거주지 부동산 가격, 보유하는 가전제품 등을 담임선생이 공개적으로 조사하던 시절이었는데 짝꿍이 우리 집에 VHS 데

크가 있는지 먼저 물어보았다. 나는 VHS 데크가 냉장고인
줄 알고 당연히 있다고 대답했더니 짝꿍이 오……! 하며 나
를 인정해주는 것이었다. 잠시 후, 소득 수준 조사가 시작됐
는데 절반 이상의 아이들 집에 냉장고가 없는 것이다? 이전
학교에서는 다들 힘들게 살았지만 냉장고는 있었는데 쟤네
들한테 냉장고가 없다니!(그 당시 VHS 데크는 흔하지 않았음.)

아무튼 나는 봄방학 직전에 전학을 와서 잠시 손님처럼
머물다가 새 학년으로 진학할 수밖에 없었는데,

그러니까 여기서 내가 충격을 받은 일은 바로 한 여학생
을 대하는 아이들의 태도였다. 2교시가 끝나면 우유 급식이
있었는데 매일 그 아이의 책상에만 우유가 산처럼 쌓였다.
많은 아이들이 흰 우유를 싫어했고 매번 결식하는 그 친구
한테 불쌍하다는 핑계로 다 갖다 버렸다. 남자 운동선수도
하루에 그 많은 우유를 전부 먹을 수는 없을 만큼의 양이었
다. 정말 무서웠다.

봄방학을 마치고 새 학년이 시작됐다. 학교 주변의 판자
촌이 철거되기 시작했다. 그 아이는 다시 볼 수 없었다.

궁극의 휴머니즘도 고양이즘도 그 어떤 수치심도 없는 그곳에서 나는 다짐했다. '와아! 이 거지 같은 동네에선 아무도 믿지 말고 어떻게든 살아남아야지!'

며칠 전, JTBC 대선 토론을 보았다. 동성애 때문에 에이즈가 창궐한다는 어느 후보의 주장을 듣고 나는 잠시 눈을 감았다. 자……, 심호흡을 하고 궁극의 휴머니즘을 떠올린다. 그리고 궁극의 고양이즘을 떠올린다. 그런데 난데없이 돼지가 떠오른다. 아냐 안 돼, 그러는 너는 돼지발정제를 가지고…… 아아아. 안 돼, 명상을 하자, 이 짐승 새끼야! ……안 돼, 진정하자…… 빙글빙글 머릿속으로 춤을 춘다. 그러곤 외친다.

나는 조금 행복한 편이다. 그러니까,
오늘 낸 세금, 행복한 내일로 돌려줘!
제발 우리 모두에게 수치심을 되돌려줘!
내가 먹기 싫은 우유를 돈이 없어서 굶는 아이에게 버리는 일이,
돼지발정제를 먹이고 강간을 시도하는 일이,
동성애를 차별하는 일이,

다시는 없기를,

차별 따위는 자랑할 일이 아니라는 것을 깨닫게 도와줘.

제발, 고양이들아!!!!

……으응?

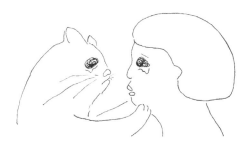

9월 7일부터 12일까지 나고야 영화제에 다녀온다. 7일 일정으로 초대받았지만 시나리오 때문에 2박 3일 다녀온다고 했더니 박 감독님께서 쿠엔틴 타란티노도 어느 영화제에서 〈저수지의 개들〉을 썼고 감독님도 칸에서 〈친절한 금자씨〉를 썼다고 하신다. 그렇다면 나도 길게 가야지, 나고야.

2010. 09. 06.

장보기와 시나리오

뇌가 저려 퇴근하는 길에 장을 봤다.

엑스트라버진 올리브오일

발사믹 비니거

카탈리 삼색 파스타

유기농 방울토마토

양송이버섯

바나나

고칼슘 연세두유

뉴트로지나 고보습 보디 클렌저

토마토와 버섯에서 잠시 망설였다. 냉장고에 먹을 것이
많은데 살 필요 있을까?

자, 그럼 나의 냉장고 안을 들여다보자.

냉장실＝부추김치, 열무김치, 총각김치, 배추김치, 깻잎장
아찌, 우엉조림, 멸치고추볶음, 잔멸치호두볶음, 미역줄기
볶음, 나물볶음, 김, 오늘 아침에 먹다 남은 토마토스파게티
소스, 나흘 전 먹다 남은 된장찌개, 부추부침개 반죽, 시금
치된장국, 쑥떡, 두부, 호박, 파프리카, 상추, 청양고추, 감자,
당근, 양파. 참외, 사과, 자두, 바나나, 두유, 요플레, 맥주, 와
인, 우동, 매실, 멕시칸 칩……

냉동실＝유기농 베이글, 견과류 식빵, 각종 전, 고등어, 갈
치, 동태, 간장게장, 머핀 한 박스, 8곡 선식 가루, 물만두, 곶
감, 밤, 떡, 호두, 땅콩, 쥐포, 약과……

전쟁이 터져도 석 달은 살 수 있겠다.

그런데 꼭 방울토마토와 양송이버섯을 살 필요가 있을
까? 계산대 앞에서 반품대에 빼놓았다가 에잇, 결국 계산해
버렸다. 먹고 싶은데 못 먹는 인생은 싫다.

토마토 먹고 싶을 때 냉장고 열면 토마토 있었으면 좋겠고 두부와 생양송이버섯을 오리엔탈 소스 쳐서 신선하게 먹는 맛도 포기하기 싫다.

4만 4천 원 나왔다.

올리브오일이 제일 비싸고, 그다음 보디 클렌저. 여기서 2만 5천 원이 홀렁 나갔다. 그리고 잔챙이들. 방울토마토와 발사믹 비니거와 양송이버섯이 나란히 3위를 달린다. 아, 카탈리 삼색 파스타가 3위.

물가 너무 비싼 거 아냐? 세계 100대 기업에 한국 기업이 10개나 올랐다고 신났더만 물가는 왜 이래?

점점……
분노만 쌓여가는 듯싶다.
이놈의 시나리오.

남한테 칭찬을 받으려는 생각에는

의지하고 싶은 마음이 숨어 있다.

혼자 의연히 선 사람은 칭찬을 기대하지 않는다.

물론 남의 비난에도 일일이 신경 쓰지 않는다.

2005. 08. 05.

올해의 결심

올해의 결심.

별로인 것을 두려워 말고 쓸 것.

정말 간절히 원하면, 원하지 말 것.

나나 잘할 것.

1

존 치버는 61세에 알코올 중독 합병증으로 병원에 입원했다가 술을 끊겠다고 맹세하고 퇴원했으나 다시 술을 마시기 시작했다. 아이오와 작가 워크숍에서 1년 동안 강의를 했는데 그때 강사로 온 레이먼드 카버를 만나 같이 술을 마시며 21일을 보냈다. 존 치버의 이력 중 이 부분이 가장 인상적이다. 부럽다.

2

글쓰기 훈련을 받아본 적이 없는 나는, 앞으로 어떤 소설을 쓸 것인지 방향을 정하지 못하고 있었다. 다만, 남들이 가는 길은 걷고 싶지 않았다. (마쓰모토 세이초, 『걸작 단편 컬렉션―상』)

일본의 위대한 추리소설가 마쓰모토 세이초는 41세에 등단하여 82세 사망. 그동안 260편의 작품을 썼다.

3

유명한 외국 작가다. 이름은 기억이 나질 않는데 그의 하루 일과가 너무나 인상 깊다.

새벽 2시에 일어나 조식을 먹고 글을 쓴단다.
그렇게 쓰다가 해가 뜨면 또 밥을 먹고 글을 쓴단다.
정오부터 미팅을 시작해 낮 동안 모든 외부 일을 처리한단다. 그러곤 저녁 식사는 6시에 간단히 마치고 7시에 잔단다.

꼭 한번 따라 해보고 싶다.

쓰레기를 쓰겠어!

라고 결심하니 써지긴 써진다.

매일 다짐해야겠다.

쓰레기를 쓰겠어!

2010. 07. 29.

감독님 때문에

박 감독님 때문에 폭소하는 일이 종종 있는데, 오늘 아침 엔 "날씨도 푹한데 산책하고 밥 먹자" 해서 10일 만에 헤이 리 집 밖을 걷기 시작했다.(그동안 합숙하면서 10분 거리도 차 로 이동했었음.) 500미터 전방 하늘에 형체도 잘 안 보이는 새가 서너 마리 날아가는데 감독님이 "저 새는 이름이 뭐 니?" 내게 물었다. 나는 내 귀를 의심했다. 내가 조류학자도 아니고 이 동네는 감독님 동네고 난 객인데…….

또 한번은, 새로 장만한 바이오 노트북을 무릎에 올려놓고 신기하게 구경하던 감독님이 때가 되어 자리를 옮겨야 했 다. "이 노트북은 그냥 덮으면 저절로 종료되니?" 나는 그런 노트북을 본 일이 없어서, "아니지 않을까요?" 대답했더니, "그래? (종료 버튼을 누르며) 그러면 종료 버튼 누르고 화면이다 꺼질 때까지 기다리지 않고 노트북을 덮어버리면 종료가 되는 거니, 안 되는 거니?"라며 진짜 진지하게 물었다.

자꾸 내가 모르는 걸 질문한다.

감독님이 운전하는 차를 타면(초보 운전자임) 매번 이러다 사고를 당해 처참하게 죽는 내 몰골을 상상하느라 목적지에 도착하면 급 허기진다. 그런데 어느새 익숙해졌는지 긴장을 놓고 내가 자꾸 말을 하는 바람에 오늘은 운전하던 감독님이 길을 놓쳐 북한 갈 뻔했다.

보름 전쯤 탈모에 대한 이야기를 나눴다. '머리를 감고 드라이어 찬바람으로 말리는 방법이 좋다더라' 얘기했는데, 그 이후로 감독님이 그렇게 열심히 찬바람으로 머리를 말린다. 지금도 머리 감고 내 앞에 앉았다가 "아 참! 찬바람!" 하며 욕실로 총총히 달려간다. 위잉! 드라이어가 돌아가는 소리가 들린다.

〈도끼〉 합숙이 거의 끝나간다. 섭섭하다.

모레는 꼭 고기를 먹어야겠다. 몸이 원한다.

염치도 없는 이놈의 몸뚱아리.

2014. 01. 06.

가로 프레임

석 달 가까이 마닐라, 오스틴, 뉴욕, 홍콩, 파리, 런던, 더블린, 웩스퍼드, 타이페이를 지나 한국으로 돌아왔더니 여긴 완연한 겨울이다. 해외 여러 곳을 돌아다니다 보면 각 지역 간의 온도 차로 뇌혈관이 터진 나머지 식물인간이 되거나 반신불수가 되는 사고도 있다는데 다행히 나는 살만 쪘다. 아니, 불행히도 살이 많이 쪘다.

그동안 여러 나라에서 많은 관객을 만나고 다양한 친구들을 사귀었다. 열광적인 사랑을 받기도 했고 존재감 없이 유령처럼 떠돌기도 했다. 아무튼, 나는 살이 쪘고 그동안 한국에선 많은 일이 벌어졌다.

국회에서 대통령 탄핵소추안이 가결되던 순간 교내 풍경

을 찍은 어느 고등학생의 동영상을 봤다. 결과 발표 직전, 학생은 스마트폰을 세로에서 가로로 뉘어본다. 어떻게 해야 이 작은 프레임 안에 역사적 순간을 제대로 담을 수 있을까 고민한 것 같다.

대통령은 간절히 원하면 우주가 돕는다고 말했다. 나는 너무나 창피해서 울고 싶다. 12년 전 내가, 바로 그런 말을 했었다. 대통령 말고 내가. 어느 변두리 작은 학원에 특강을 하루 나갔었는데 '간절히 원하면 뜻이 닿는다'는 말을 내뱉으면서 나도 바로 느꼈다. 내가 지금 이상한 소리를 하고 있구나. 그 순간 학생들의 표정을 지금도 잊지 못한다. 부디 모두 나를 잊었기를.

하루는 몇몇 감독이 모여 술을 마시다가 불행 배틀을 시작했다고 한다. 그 자리엔 술만 마시면 항상 우는 감독이 있었다. 각자 자신의 지난 불행을 최대한 긁어모아 탈탈 털고 있는데 그는 자살 시도했던 지난 일을 털어놓으며 울기 시작했고, 이미 해는 떴지 너무 취하고 정말 졸리고 진짜 지치고 거기에 반박할 만한 더 불행한 다른 카드는 없고, 그래서 그냥 다 같이 울었다고 한다.

내친김에 우는 얘기 하나 더 하자면, 며칠 전 감독조합 송년회가 있었다. 30만 원 상당의 의류 상품권을 걸고 웃자고 한 내기가 시작됐다. "이 상품권은 올해 개봉한 감독들 중 망한 감독들에게 우선권!" 망한 감독들이 줄줄이 무대로 올랐다. 물론 거기엔 나도 있었다. "자, 나는 올해 영화 망하고 울었다, 하는 감독만 남고 모두 내려가!" 좌중에선 웃음이 터졌다. "영화 찍는 동안에 우는 거요, 아니면 개봉 뒤에 우는 거요?" 나는 진지하게 질문했고 '개봉 뒤'라는 전제를 듣자마자 바로 내려왔다. 영화 망했다고 울진 않았지만 촬영하는 동안 딱 한 번 울었다. 촬영감독과 피디랑 한참을 심각하게 싸우고 밤새 술 마시다가 끝내 울었다. 사실 거기엔 공적인 문제에 여러 사적인 이유가 뒤섞여 아주 개인적이고 은밀하게 피곤한 일이 있었는데, 이후 피디가 그때의 나를 두고 온 동네방네 소문을 내고 다닌다니 하는 수 없지. 그래, 나 울었다.

어제는 오랜 친구 감독들과 송년회를 가졌다. 7년째 매년 갖는 우리들만의 행사다. 한창 술을 마시다 누군가가 올해 사적으로 가장 용서할 수 없는 사람을 순서대로 털어놓자고 제안했다. 아, 그거 재미있겠다! 원석 감독이 먼저 해영 감독에게 물었다. "해영이 형, 누구 있어요?" 해영은 실없는 농담으로 받고 되물었다. "원석 감독은 누구예요?" 원석 감독은 답을 피해 바로 내게 넘겼다. "빵 감독은 누구 있어?"(여기서 빵 감독은 나다.) "어……, 있는데 그게 누군지 콕 집어낼 수가 없어.(나 혼자 웃음.) 그게 왜냐하면…… 있잖아…… 내가 지금도 이 상황이 잘 파악이 안 되는 것이……" 하고 웃으며 시작했다가 그만 목줄이 끊어질 듯 핏대를 세우고 얼굴이 벌게졌다. 아무튼 간에 뭐든 내 맘 같지 않은데 내가 분노해야 할 명확한 상대도 잘 파악이 안 되니 그저 내가 처한 상황에 대해 불을 뿜어댈 뿐이었다. "그래! 나는 영화 망했어! 아무리 그래도 그렇지! 내가 돈도 못 버니까 밖에선 다들 나만 무시하고! 내가 안 망했으면 다들 나한테 안 그랬을 거면서!" ……다들 대꾸가 없으니 나는 했던 말 또 하고 또 하고, 그러다가 정작 내게 질문한 원석 감독은 내 말이 끝나지도 않았는데 휴대전화를 들고 나가버렸다. 제발 공감을 구하는 내 목소리는 점점 커지고, 허공을 향해 분에 찬 얼굴은 밉상으로 일그러지고, 다들 끝내 별다른 대꾸가 없자 내 이야기는 저 혼자 그렇게 소멸했다. 짧고 불편한 이 침묵. 아, 웃자고 시작한 걸 내가 지금 융통성 없이 죽자고 덤볐다. 아직 한국말을 이해하기 어려운 외국인 남자 친구가 옆에서 내 등을 쓸어준다. "응, 그래…… 너는 충분히 화날 수 있어, 이해해." '……니가 뭘 이해해. 아직 한국말도 잘 못하면서…….'

타인의 작품에 대해서 악담만큼은 하지 말아야겠다는 누군가의 글을 보았다. 무언가를 만들어내는 일에 얼마나 많은 고민과 고생이 있었는지를 알기 때문이라고 하는데 나는 생각이 다르다. 악담해도 된다. 그리고 나도 악담할 것이다. 물론 악담을 받으면 기분은 나쁘겠지만.

그래서 나는 일단 나를 단련시키기 위해 진짜 모든 악담을 일일이 찾아 읽고, 악담을 쓴 사람의 성향을 파악해서 내가 그 악담을 받아들일 것인가 말 것인가 결정하기 위해 그의 앞뒤 다른 글까지 다 찾아 읽는 편이었다. 그런데 지난 석 달 동안 여기저기 해외를 다니느라 오랜 시간 검색을 쉬었더니 흐름이 끊겼다. 이젠 살도 많이 쪘고 열정도 다했다. 누가 악담을 하든 말든. 모두가 어울리지 않는 옷을 입든 말든. 행사인지 파티인지 아무튼, 나는 괴롭다.

괴롭다. 정말 괴롭다.

대통령 탄핵소추안이 가결되던 순간, 이 사건을 제대로 담아내기 위해 스마트폰을 세로에서 가로로 뉘어보던 학생은 결과가 발표되기 무섭게 벌떡 일어났다. 교실은 변성기 남학생들의 우렁찬 환호로 폭발할 기세다. 녹화 버튼이 눌린 스마트폰을 든 학생은 바로 튀어나가 복도를 질주한다. 우어어어— 각 교실마다 터져 나오는 괴성과 같은 환호, 박수 소리. 국적 불명의 춤을 추는 학생들. 카메라도 같이 펄떡펄떡 뛰어다닌다. 나는 그만 또 울었다.

세월호 아이들의 동영상도 그랬다. 침몰 전, 학생은 스마트폰을 셀프 카메라로 고정한다. 요리조리 예쁜 표정도 지어보고 친구들과 함께 웃는다. 학생은 카메라를 세로에서 가로로 뉘어본다. 어떻게 해야 이 작은 프레임 안에 이 순간을 제대로 담을 수 있을까 고민한 것 같다. 지금 찍는 이 동영상을 나중에 사람들한테 보여줘야지, 생각했을 것이다.

눈물이 흐르기 무섭게 벌떡 일어나 아파트 복도로 나왔다. 새벽 4시, 작은 소리 하나 없다. 얼음같이 차가운 공기. 깊고 어두운 물속을 떠올렸다. 적막 가운데 차르륵— 한차례 소나기다. 어라? 복도 밖으로 손을 내밀었다. 비 아닌데?

다시 차디찬 적막. 차르르륵— 다시 빗소리, 아파트 단지를 휘감아 공명한다. 비 없는데? 박수 소리? 기름 튀는 소리? 그게 어떻게 하늘에서부터 울리지 싶은데, 가을 끝자락을 놓친 마른 낙엽들이 부는 찬바람에 휘둘려 차르르륵— 가로등 불빛을 지나 무리 지어 구른다. 아, 깜짝이야. 귀신인 줄 알았네. 눈물을 닦는다. 뭐 하나 제대로 마무리되지 않았는데 2017년은 온다. 어제 청문회에서 발표된 통화 녹취록에서 최순실은 다음과 같이 말했다. "큰일 났네, 정신 바짝 차려야지. 안 그러면 다 죽어." 그래, 너 아주 말 한번 잘했다. 어디 보자. 정신 바짝 차려야지, 다음 작품도 아직 못 정했는데 겁나게 찐 살도 좀 빼고.

\#

저는 어제부터 사상체질 개선 독서실을 다닙니다. 여기서 시나리오를 씁니다. 제 방은 태음인 방입니다. 태음인은 벼락치기에 능하다는 설명이 붙어 있습니다.

\#

복도에는 세계 명문대 캠퍼스 사진들이 주르륵 붙어 있습니다. 이 독서실의 산소는 특별히 집중력을 높여주는 다이아몬드 머시기 산소입니다. 대체 저는 앞으로 뭐가 될까요. 그럼 굿나잇.

2012. 10. 31.

아랫집

 # 20170914

1년을 참고 지내다가 아랫집 골초에게 최대한 예의를 다해서 편지를 썼다. 베란다와 화장실에서만이라도 흡연을 자제해달라는 부탁이었다. 그는 정말 미안하다며 이제 담배를 끊겠다는 간단한 내용과 함께 태어난 배경부터 성장 과정까지 구구절절 설명하는 편지를 주더니, 그때부터 자기의 금연 안부를 아무 때나 문자로 보내기 시작했다.

오늘은 포도를 주겠다기에 정중하게 거절했다. 그랬더니 편지도 주고받은 사이에 이러지 말고 비도 오는데 삼겹살로 저녁을 먹자는 것이다. 끝내 답을 안 주니까 이 새끼가 다시 베란다 흡연을 시작한다. 지금 나는 최선을 다해서 살의를 참는다.

20170917

아랫집의 추태를 보다 못한 남자 친구가 직접 가서 한마디 했더니 올라오던 담배 냄새가 완벽하게 사라졌다. 정중하게 부탁한 바람에 시달렸던 십수 통의 문자와 편지와 포도와 삼겹살의 날들을 떠올리니 무력감이 든다.

엔딩 크레디트에 넣을 '고마운 사람들'을 정리하려니

엄두가 나질 않는다.

지나온 시간이 길기도 하고,

여기까지 오기 위해 완성하고 버리기를 반복했던 시나리오들까

지 떠올리자니 좀 많긴 많다.

특히나,

이번 작품에는 '고마운 사람들'과는 별도로

'고맙고 미안한 사람들' 항목을 따로 만들어야 할 지경이다.

덕분에 좋은 친구들을 얻기도 했다.

그 친구들도 나를 그렇게 생각해줘야 할 텐데…….

??????

그 부분은 조금 걱정이다.

아무튼 사랑한다.

쓰다 보니 유서 같다?

그럼 안녕.

(으응?)

2015. 10. 31.

진퇴유곡

전기밥솥이 고장 났다. 그래서 아껴뒀던 무쇠 냄비를 꺼내 밥을 지어봤다. 밥이 다 됐다. 부엌 장 선반 위로 냄비를 옮겼다. 밥이 잘돼서 흐뭇했다. 설거지를 하려고 무쇠 냄비를 들었다가 깨달았다. 부엌 장과 냄비가 둘이서 뜨겁게 녹았다가 식으면서 그만 합체됐다는 사실을. 5일째 무슨 짓을 해도 분리되지 않는다. 둘 중 하나는 부숴야 끝날 것 같은데 저 냄비를 부술 수 있는 장비라면 부엌 장도 같이 부술 것 같다. 참고로 우리 집 부엌 장이 좀 많이 크다.

며칠 전, 밤길 운전을 하다가 길을 잘못 들어서 산동네 재개발 지역 좁은 비탈 골목에 갇혔다. 버려진 동네 전체가 불빛 하나 없고 스산했다. 어떻게 여기까지 운전해서 올라왔는지 이해가 안 될 정도로 좁은 골목에서 빼도 박도 못하는

데 내비게이션도 구글 맵도 현재 내 위치를 읽지 못했다. 그러니 나를 도와주러 오겠다는 친구들에게 내 위치를 설명할 수도 없었다. 후진했다가 전진했다가 꺾었다가 박았다가 다시 빼다가 또 박기를 십수 차례 반복한 끝에 결국 포기했다. 내 차의 앞 뒤 옆, 사방이 골목 안에서 꽉 막혔는데 이건 그냥 대형 크레인이 와서 들어 올려야 가능할 것이다. 물론 대형 크레인, 여기까지 절대 못 들어온다. 친구들은 끝내 나를 못 찾고 자꾸 전화만 해대는데 나도 여기를 설명할 방법이 없어서 차를 세워두고 밖으로 나왔다. 좁은 골목 구석마다 막다른 길이 튀어나와 방도가 없었다. 구급대원이라도 불러야 되나 생각하면서 문득 뒤돌아보니, 저기 내 차가 작게 보이는데 차 안에 있을 때는 죽어도 불가능할 것 같던 그 일이 멀리서 보니 할 수 있을 것 같더란 말이다. 굉장한 각성의 체험이었다. 다시 되돌아갔다. 안 되면 다 박아버리겠다는 심정으로 핸들을 꺾은 뒤 가속 페달을 밟으면서 가열하게 후진했다. 그렇게 후진으로 세 번 박은 끝에 탈출에 성공했다.

다음 작품을 위한 중요한 피칭을 앞두고 있다. 피칭 기회를 얻기까지 10년이 걸렸다. 꿈꾸던 프로젝트의 실현을 눈

앞에 두고 있는데 현재까지 내가 확보한 조건으로는 성공이 어렵다는 사실을 피칭을 앞두고 알게 됐다. 그래서 그만 정신 놓고 운전하다가 산동네에 갇혔던 것이다.

두렵다. 실패를 경험하게 될 시간은 언제나 두렵다. 그런 날이 올 때면 운전석에서 절망했던 산동네 재개발 지역 좁은 비탈 골목 안에서의 그날 밤을 떠올려야겠다. 차 밖으로 나와서 멀리 떨어져 보니 불과 몇 분 전의 내 패배감이 작게 느껴졌던 그날 밤.

자, 그럼 일단은 저 무쇠 냄비부터……. 정말 큰일이다. 저 건 진짜 방법이 없다.

그 많던 이야기는 다 어디로 갔을까.

_____
2010. 07. 20.

아빠의 칠순 기념 저녁 식사를 조촐하게 가졌다.

무슨 대화 중에 아빠가 "그 일은 절대 안 될 거야"라고 했다. 그렇다. 아빠는 '절대 안 된다'는 말을 잘 하고 나는 그 말을 진짜 싫어한다. 그런데 가끔 내가 '이건 안 돼, 저건 안 될 거야' 예측하고 미리 절망한다. 후 답답하다.

_____
2010. 08. 29.

엄마 꿈에 아빠가 하얀 강아지를 집으로 데려와 옷을 입히고

훈련을 시키더란다. 엄마는 몰랐다. 그날 아빠가 드디어 하얀
색 스마트폰을 장만해 알록달록 커버를 씌운 뒤 스마트폰 세계
와 맹렬히 씨름 중인 줄은.

2012. 10. 23.

제가 오늘부터 틱낫한 스님의 불교 방송에서 소개된 인도 민간
요법 '오일 풀링'을 시작했습니다. 아침마다 국산 참기름이나
들기름 한 스푼을 입에 넣고 20분간 온 혀와 이를 이용해 오물
거리면 치아 미백, 잇몸병, 관절염, 알레르기 천식, 고혈당, 변
비, 편두통, 기관지염, 습진, (……) 발뒤꿈치 갈라진 것 등등이
고쳐지고 치석 제거에 얼굴 부기 빠지고 피부가 좋아지고 치핵
도 사라지고 발가락과 발의 힘이 좋아진다는군요……. 오일 풀
링 만세.

2012. 10. 27.

지구가 멸망하는 날. 나는 아빠와 라면을 끓여 먹고 동생과 잘
죽을 수 있는 방법 등을 검색하며 가족과 시간을 보내다가 이
대로 죽을 수는 없다는 생각에 자전거를 끌고 동네 밖으로 나

가 칠렐레팔렐레 돌아다니며 마지막 오후를 혼자 마음껏 즐기
고 지구 역사상 가장 아름다운 노을을 구경한 뒤 집에 가서 가
족과 함께 지구 멸망을 맞이하려는데, 그만 늦는 바람에 나 혼
자 물에 빠져 죽었다.

2012. 10. 29.

영화를 시작하게 만드는 것은 머리지만,

영화를 완성시키는 것은 마음이다.

동의.

2004. 04. 03.

아니다.

영화는 마음으로 시작해서 머리로 완성한다.

2018. 05. 23.

3부

어쨌든,
가고 있다

아빠 1

참 이상한 일이다. 〈잘돼가? 무엇이든〉으로 상을 받을 때마다 꼭 아빠와 대판 싸운다. "너한테 과분한 일이다." "너는 아직 한참 멀었다." "너는 자격이 안 된다." 아빠가 그러면 진짜 열 받는다. 나는 아빠한테 제일 칭찬받고 싶은데 아빠는 평생 칭찬 한 번을 안 해준다.

지난번엔 좋은 일식집을 풀코스로 예약했다. 상을 받은 기념으로 가족들에게 밥을 사고 싶었다. 첫 애피타이저가 나와서 수저를 잡기도 전에 아빠는 또 말했다. "니가 잘났다고 생각하지 마라." 나는 머리 뚜껑이 열렸다. 바로 뛰쳐나와 계산만 하고 나왔다. 되게 비쌌는데…….

이번엔 부산아시아단편영화제에서 대상을 받고 올라오

자마자 또 아빠랑 대판 했다. 저녁 식사 자리에서 나는 짐승처럼 화를 냈고 아빠한테 상추로 맞았다.

그날 새벽 우리 동에서 큰불이 났다. 소방차가 다섯 대 넘게 왔는데 주차장이 꽉 차서 들어오지 못하고 불은 걷잡을 수 없이 번졌다. 601호였다.

주민들이 떼로 몰려들었다. 산발 머리에 잠옷 바람으로 나도 그 틈에 섰다. 광경이 너무 충격적이라서 눈물이 터질 것 같았다. 한 소방수가 큰 소리로 외쳤다. "601호 주인아주머니 어디 계세요! 601호 주인아주머니!!" 모든 주민들의 시선이 일제히 그 소방수에게 꽂혔다. 다급하게 외치는 "601호!!"

아, 601호 아줌마는 지금쯤 얼마나 억장이 무너질까 생각하니 마음이 너무 심란하고 떨려서 나는 두 손을 꼭 모아 쥐었다. 눈물이 날 것 같은데 소방수와 눈이 마주쳤다. "601호 아줌마?!" 모두들 숨죽이고 나를 불쌍하게 보았다.

"아닌데요? 죄송합니다……."

나도 이젠 아줌마 소리를 듣는데 여전히 내 얼굴은 감정을 감추지 못하고, 아직도 아빠와의 마찰은 매번 피의 전쟁으로 이어진다.

참 이상한 일이다.

아빠 2

어제 저녁 밥상에서 내 얼굴에 던져진 그 상추.

오늘 저녁.

상추에 삼겹살 쌈 싸서 아빠 입에 넣어줬다.

오늘의 기특한 일은 자학하지 않은 것,

후회한 일은 아빠 문자에 살갑게 대답하지 않은 것.

집에 가야겠다. 수능 직전이라 애들도 다 집에 가고 사상체질

독서실 태음인 방에서 나 혼자 이게 뭐 하는 짓이라니.

2012. 11. 10.

아빠와의 대화

만취한 아빠 너는 인생이 뭐라고 생각하냐?

나 우연과 실수의 반복이요.

만취한 아빠 그럼, 인생에서 제일 중요한 것이 뭐냐?

나 행복하다고 느끼는 거.

만취한 아빠 ……너 힘드냐?

나 …….

만취한 아빠 힘들어?

나 (잠시 생각) 요즘? 아니면 지금?

만취한 아빠 지금.

나 ??

만취한 아빠 지금 나랑 마주 앉아 있는 게 힘들어?

나 내가? 아니요!

만취한 아빠 근데 왜 그렇게 말을 조심스럽게 해?

나 　난 원래 이렇게 말하는데?

만취한 아빠 　난 널 잘 모르겠다.

나 　(당황한) 그전엔 알았는데 요즘에 잘 모르겠다는 뜻이
　　에요, 애초부터 잘 모르겠다는 뜻이에요?

만취한 아빠 　애초부터 널 잘 모르겠다.

나, 순간 울컥. 눈시울과 가슴이 뜨거워졌으나 언제나 그
렇듯 전혀 티는 내지 않는다. 한참을 이런저런 질문과 답을
주고받다가 나, 결국 다시 질문했다.

나 　근데, 아빠. 아까 나에 대해서 잘 모르겠다고 얘기했
　　잖아…….

만취한 아빠 　(두 눈을 크게 뜨며) 내가?!

나 　…….

만취한 아빠 　내가?! 내가 그런 말을 했다고? 내가 왜?

아, 그냥 나도 취해버릴걸.

이런 나

#

동네 우체부 아저씨가 택배물을 받으러 집에 왔다.

평소 우체국 택배를 애용하기 때문에 아저씨와 나는 친숙하다. 덥고 습해서 좀 헐벗은 차림새로 아저씨를 맞이했다. 아저씨가 물건을 받은 뒤 전표를 작성하면서 내게 물었다.

"내일 뭐 해요?" 머릿속이 하얘졌다. 내일 특별한 계획은 없지만 그럴 순 없었다. "내일요? 내일은…… 왜요, 아저씨?" 아저씨, 동작 멈춘다. 고개 들고 나를 본다. "내용물이 뭐냐구요? 보내실 우편물 내용."

#

이번 역은 불혹 불혹입니다, 라고 지하철 방송이 나오는

데 흠칫 놀라 확인하니 충무로역이다. 아니 어떻게 내 귀가
이럴 수 있지.

#

짧은 반바지를 입고 음식물 쓰레기를 버리러 나가다가
경비 아저씨랑 마주쳤는데 아저씨가 나를 훑어보더니 "한
예리네!" 했다. 한예리가 예쁘니까 나도 참 고맙지만 아무
리 그래도 좀 부끄러웠다. "어머, 아저씨~ 제가 어디가 한
예리라구요~?"라고 대답했더니 아저씨가 "한여름! 한여
름!!!"이라고 소리 질렀음.

#

나의 첫 촬영 현장은 2004년 〈친절한 금자씨〉다. 그때 나
는 스크립터였다. 참고로, 스크립터는 감독 곁에서 현장의
모든 기록을 꼼꼼하게 남기고 감독의 의도를 스태프들에
게 잘 전달해야 한다. 촬영 중 어느 날, 박 감독님이 김 실장
을 찾았다. 그러면 나는 무전기를 통해 알린다. "김 실장님,
김 실장님. 박 감독님께서 찾으십니다." 내가 이렇게 하면

전 스태프의 무전기를 통해 내 목소리가 울려 퍼진다. 곧 김 실장이 왔다. 잠시 후, 감독님이 박 대리를 찾았다. 현장엔 100명 이상의 스태프가 일을 하기 때문에 나는 조금 헷갈렸다. 박 대리가 잘 기억나지 않았기 때문이다. 그런데 나의 회사 생활을 떠올려보면 '대리'도 있고 '실장'도 있었다. 일단 무전기를 잡았다. "박 대리님, 박 대리님. 박 감독님께서 찾으십니다." 나중에 알게 됐는데 박 감독님 역대 최악의 스크립터가 나라고 한다. 물론 그 현장에 박 대리는 없었다. 아니, 원래 촬영 현장에 '대리' 직함은 없다. 그때 감독님은 휴대전화 '밧데리'를 찾으셨고 나는 무전기로 '박 대리'를 찾았다. 이 일화가 얼마나 오랫동안 충무로에서 회자됐는지, 얼마 전 어느 현장의 나이 어린 스태프가 이런 에피소드가 있다며 내 에피소드를 나한테 얘기해줬다.

일면식 없는 이와 일과 관련된 통화를 하다가, "예, 그럼 제 이메
일 주소는요, bbangmi, 빵미, 그다음에 씨, 에이, 피……" 하니까
상대방이 "아, 빵미 뒤에 캡이 붙네요, 빵미캡!"이라고 확인시켜
주는데 마흔 넘어서 이 이메일 주소는 그만 쓰는 게 좋겠다는 생
각이 15년 만에 처음 들었다.

2013. 12. 31.

엄마 1

엄마와 나란히 앉아 손톱 매니큐어를 말리면서,

나　　엄마 시나리오가 너무 안 써져. 미치겠어.

엄마　그래, 엄마가 그 상황을 잘 알아. 그럴 때는 너무 잘
　　　하려고 욕심 부리지 마. 그러면 더 안 써져. 그냥 손
　　　을 탁 놓고 엄마한테 이야기해준다…… 별것도 아
　　　닌 걸 조곤조곤 이야기해준다…… 생각하면서 써
　　　봐. 그러면 뭐가 나온다. 막 잘하려고 하면 더 안 돼.

도대체 우리 엄마는 그런 걸 언제 깨우친 걸까.

꿈에 시나리오를 다 썼다.

이제 별 꿈을 다 꾼다.

2012. 11. 14.

엄마 2

그리고 경미야, 그러다가 하고 싶은 이야기의 골조가 정해지잖아? 그러면 그걸 한 문장으로 써서 책상 앞에 붙여놔. 그러고서 나무나 꽃에게 이야기해주듯이 조곤조곤 말을 시작해봐. 니가 막 스트레스 받으면서 억지로 이야기를 짜내면 보는 사람도 힘든 영화가 나오는 거야. 편안한 마음으로 불러내야 해.

엄마가 요즘 널 위해 기도하고 있어. 다음 영화는 좀 사람들이 많이 좋아할 수 있는 순한 걸로 만들 수 있게 도와달라고.

엄마, 미안해…….

엄마 3

엄마가 '조금 전 나로호가 발사되었다'며 격앙된 목소리로 전화했다. 엄마는 너무 기뻐했다. 나로호가 뿅 하고 날아오르는 순간 엄마는 "그래! 나도 할 수 있어! 나도 뿅 날아갈 거야"라고 생각했단다.

전화를 끊고 집으로 돌아왔는데 그새 나로호가 폭발, 추락했다.

우리 엄마,
어쩌지.

엄니가 큰엄니한테 성당 연미사 설명하면서 '영정 사진'을
어쩌고저쩌고하는데 자꾸 '영정 살인'이라 말하는 중.

2013. 09. 19.

인사가 뭐라고

아빠가 어제 수술을 받았다. 동네 공원에서 운동하던 중에 어떤 이웃을 발견했는데, 인사하기 싫은 사람이라서 몰래 도망치다가 얼음길에 넘어져 발목을 다쳤단다.

아빠는 수술 뒤 젖은 거즈를 내내 입에 물고 있다. 너무너무 담배를 피우고 싶은데 침대에서 꼼짝도 못 하니 커피 한 모금 입에 물었다가 마른 담배 한 번 빨고 빈 숨 한 번씩 길게 내쉬면서 "이것은 담배다, 담배 맞다" 이러면서 버티는데 정말 고생이 이만저만이 아니다.

그 이웃은 끝내 모르겠지. 우리 아빠가 이토록 자기를 싫어하는지.

"일단 누가 한번 시나리오 써주면 제가 그걸 고치는 게 시간이 덜 걸리죠"라고 잠꼬대를 하다 잠에서 깼다.

아…… 외롭다…….

2012. 11. 11.

사랑하는 아빠

어젯밤 꿈에, 나는 친구들과 공동생활을 했다. 우리는 자유분방하고 몹시 지저분했다. 어디선가 아빠 목소리가 들렸다. 나는 본능적으로 몸을 숨겼다. 아빠가 날 한심하게 볼 것 같았다. 화장실에 숨어서 아빠를 훔쳐봤다. 아빠는 외화 더빙 작업 중이었다. 아빠가 은퇴한 줄 알았는데 아직 일을 하고 계시는구나. 발음도 정확하고 기세등등해서 마음이 놓였다. 오늘 아빠에 대한 글을 쓰기로 마음을 먹어서 그런 꿈을 꿨나 보다.

나는 어렸을 때부터 아빠한테 발음과 발성 교육을 엄격하게 받았다. '개' '게' '계'를 구분해서 발음하기. 남이 알아들을 수 있도록 발성하기. 나는 아빠가 진짜 무서웠다. "혼자서 우물우물 뭐라고 말하는 거야?"라며 종종 지적을 받았다.

나의 아빠는 성우이며 연극 연출가다. "짝짓기를 하고 있습니다" 하면 많은 사람이 알아맞히는 KBS 〈동물의 세계〉 내레이션을 23년 동안 했다. 외화에서 아빠의 더빙 전담 배우는 앤서니 홉킨스, 잭 니콜슨, 제프리 러시, 진 해크먼, 크리스토퍼 로이드, 로버트 듀발 등등. 일일이 나열하자니 좀 많다. 아빠에 대한 정보를 검색하다가 문자를 보냈다.

나   아빠 유명하네~~

아빠   다 부질없다.

나   그럼 뭐가 안 부질없어?

아빠   삶의 흔적, 치열하게 살아온 증거. 아빤 그게 없어.

나   어렵네.

아빠   나도 어렵다. 늙어서 생각해도 답이 없다. 그래서 허망해.

나   어떡하지?

아빠   심각하게 생각 마. 힘든 일이라고 피하지 말고 정면으로 대결해. 아빤 늘 편한 길로만 도망 다녔던 거 같아, 비겁하게. 그래서 많이 후회돼.

후회한다니까 차마 묻지 못했는데, 삶의 흔적, 치열하게 살아온 증거…… 그거 꼭 필요한가?

우리 아빠는 정말 무서웠다. 상대의 눈만 보면 다 알 수 있으니 거짓말은 꿈도 꾸지 말라고 했다. 나는 여자이기 때문에 저녁 6시 이후 외출 금지였다. 6시가 넘으면 문방구도 못 갔다. 문방구에 못 가서 다음날 준비물을 놓쳤다면 그냥 학교 가서 벌 받는 거다. 여자가 너무 크게 웃어도 안 됐고, 여자가 너무 많이 먹어도 안 됐다. 너무 많이 자면 아빠는 나한테 크게 실망했다. 극장 출입은 대학 가기 전까지 불가. 방문 밖에서 아빠의 인기척만 들려도 진땀이 났다. 25년 전, 모스크바 어학연수를 결심한 이유는 아빠 때문이었다. 당시 러시아에선 한인을 대상으로 강도, 살인 사건이 종종 있었다. 그때는 한국인들이 돈이 많다는 인식이 있었다. 어떤 유학생은 대낮에 손가락이 잘렸다. 금반지를 꼈기 때문이었다. 그래도 무서운 아빠에게서 벗어날 수 있다면 러시아에서도 살 수 있었다.

아빠는 결국 실패했다. 난 지금도 식탐이 많고, 너무 크게 웃고, 밤늦게 쏘다닌다. 그렇게 극장 출입을 금했지만 영화

감독이 됐다. 그리고 나는 진짜 잠이 많다. 자식은 절대 부모 뜻대로 안 된다.

아빠는 언제나 '집에서 살림하는 사람이 되지 마라. 컴퓨터와 영어 공부를 해라' 강조했다. 내가 살림하는 사람이 못 된 이유는 아빠의 뜻을 따른 게 아니라 지독하게 소질이 없기 때문이다. 자신을 잘 돌볼 줄 아는 사람은 살림을 해도 괜찮다. 살림할 능력이 없는 사람이 살림을 하면 온 집안이 불행해진다. 나는 지금도 아찔하다. 내가 만약 아이를 낳고 살림을 했다면 분명히 후회만 남을 육아를 했을 것이다.

자식은 부모를 부정하고 일어서야 한다. 그래야 발전할 수 있다.

결과만 놓고 보면 나는 마치 부모를 부정하고 일어선 사람 처럼 보이지만 사실 아빠는 너무 강했고 나는 방법을 몰랐다. 아빠한테 나를 증명하는 일은 세상에 나를 증명하는 일보다 늘 어려웠다. 그래서 자식 이기는 부모 없다는 점을 적극 활용했다. 아빠의 걱정과 불안을 방치하고 동정은 이용했다.

후회하는 일이 제일 싫다. 그래서 늘 최선을 다했지만 그래도 후회된다. 아빠와 싸우는 일이 힘들어서 정면으로 대결하지 않고 늘 편한 길로만 도망 다닌 일이 후회된다.

그렇게 맨날 도망 다니면서 나를 몰라준다고 화만 냈다.

부끄럽고 후회되니 돌이켜 생각해보자.
다시 그 시절로 돌아가면 아빠와 정면으로 대결할래?

어후…….
절대 못 해. 난 못 해. 미쳤어? 내가 그걸 왜 해. 오우 노우.

어젯밤 아빠와 통화를 했다. 아빠는 많이 취했는지 발음이 엉망이었다. 이러저러한 짧은 대화 끝에 아빠가 정말 맥락 없이 말했다. "나는 니가 형편없는 놈은 아니라고 믿고 있다. 그러니까 다 괜찮다." 아빠에게 이런 직접적인 칭찬은 난생처음이었다. 그래서 기록으로 남긴다.

2015. 06. 20.

아프니까 엄마 생각

주짱이 이사하는 날이었다. 주짱은 영화 〈비밀은 없다〉를 촬영했다. 같은 동네 주민이라서 좋았는데 떠난다니 좀 섭섭했다. 이사도 도울 겸 새집도 궁금해서 쭐레쭐레 구경을 나갔다. '일단 동네는 깨끗한데 대중교통이 불편하군. 차가 없는 나로서는 여기서 살기 좀 어렵겠는걸.' 주짱 팀이 식사를 마치고 끽연을 나간 사이 도착한 나는 그들이 음식물 쓰레기처럼 남긴 탕수육과 짜장면을 게걸스럽게 퍼먹으며 생각했다. '음…… 이 동네 중국집은 그다지 새롭지 않군.' 개발 지역이라서 주변에 건물이 별로 없다. 평소 같으면 '오, 좋은데' 했겠지만 '동네가 이런 식이면 나는 무서워서 못 살지.' (주짱이 떠나니까 괜히 서운한 마음에) 까다롭게 별점을 매긴 뒤 자, 어디 한번 나도 일을 좀 해볼까나, 절대 무겁지 않은 대걸레 통을 드는데 오른 손목을 삐끗했다. 그게 4개월 전인데 통 낫질 않는다. 손목 근육 염증이란다.

재작년에 오른쪽 사랑니를 뽑았다. 처음에 담당 의사는
발치 수술을 거부했다. 사랑니가 매우 이상한 자세로 잇몸
속에 누워 있어서 자기로선 곤란하다고 했다. 그래도 수술
을 부탁한 이유는 지난 7년 동안 날 봐줬는데 어디서 또 누
굴 만나 처음부터 다시 믿나 싶어서였다. 그런데 발치 수술
뒤 1년 반이 지나도 경미한 통증이 계속됐다. 괜히 어색한
대화가 오가는 게 싫어서 미루고 미루면서 왼쪽 어금니로
만 음식을 씹었더니 턱 근육이 비대칭으로 발달하기에 결
국 다시 찾아갔다. 이럴 줄 알았으면 좀만 빨리 찾아갈걸.
나는 결국 비대칭 턱선과 어금니 신경 염증을 얻었다.

지난 주간, 미세먼지와의 전쟁을 무사히 치르기 위해 나
는 모든 준비를 마쳤다. KF94 방역용 마스크도 구비하고 사
흘치 먹거리 장을 봐둔 뒤 미세먼지 공격 전야부터 일절 외
출을 금했다. 세 가지 종류의 미세먼지 앱을 깔고 하루에도
몇 번씩 수치를 체크해서 주변 지인들에게도 업데이트해주
었다. 온 세상 비관 모드는 혼자 다 누리는 내가 이럴 때 보
면 도대체 얼마나 더 잘 살아보겠다고 이러는지 가끔은 나

도 나를 잘 모르겠다. 뭐 하나에 집중하기 시작하면 그게 무엇이든 간에 좀 비정상적으로 최선을 다하는 경향이 있다. 이러다가 어느 순간 까딱 잘못하면 미칠 수도 있겠다는 생각이 들면 좀 무섭다.

아무튼 내가 하도 두문불출하니 결국 친구가 우리 집을 방문했는데 그날은 3차 미세먼지 대공격 전야였다. 오랜만에 사람을 만나니 반갑기도 해서 친구가 담배 한 대 피운다기에 쫄레쫄레 따라 나갔다. 내가 지금까지 어떤 노력을 하면서 살아왔는데 하필이면 그날, 미세먼지 바람이 세차게 불기 시작하는 그 위험천만한 시각에 친구의 담배 연기를 온 입으로 같이 들이마시며 낭만을 즐기고 만 것이다. 다음 날 아침, 목이 콱 잠기더니 가래가 끓고 기침이 심해져 병원에 갔다. 호흡기 염증이란다.

이 모든 염증이 한 주간에 벌어진 일이다. 썩어간다는 게 이런 걸까. 침대에 누워 폐병 환자처럼 기침을 내뱉으며 나는 엄마를 생각했다. 엄마도 이렇게 아플 때면 외로웠겠지.

잔병치레가 많은 엄마는 아프면 불편하다는 사실을 잘

알아서 그런지 온갖 야매 민간요법에 좀 빠삭하다. 엄마 덕분에 내가 요상한 곳을 좀 다녀봤는데 그중 하나만 잠시 소개하자면, 야탑동 어느 오피스텔에 자리한 야매 침술원이다. 그곳은 무허가 비밀 장소다. 아는 사람들끼리 현관 비밀번호를 공유한다. 복도까진 여느 오피스텔 공간과 똑같지만 일단 그 문을 열고 들어가면 완전히 다른 세계가 펼쳐진다. 거실 한구석엔 맥을 짚는 여인이 있고, 얼굴과 두피를 비롯한 신체 곳곳에 침을 꽂은 중년의 여성들이 마치 영화 〈헬레이저〉의 '핀헤드' 모양으로 바글바글 바닥에 앉아서 라면도 끓여 먹고 화투도 치며 여러 가지 볼일을 본다. 거기서 빈티지 옷을 파는 여자도 봤다. 깊은 신뢰를 가지고 형성된 커뮤니티라는 사실은 분명히 느낄 수 있었다. 드디어 내 차례가 돌아왔다. 그녀가 내 맥을 짚더니 "심장이 남자네!" 하는데, 나도 모르게 그만 "어머나, 그걸 어떻게 아셨어요?"라고 되물었다. 그게 무슨 말인지는 지금도 모르겠는데 그때는 마치 내 심장이 남자인 걸 나만 몰래 알고 있었던 것처럼 화들짝 놀랐다. 여인은 그때부터 막 아무 데나 내 여기저기에 침을 꽂기 시작했고 그러면 막 피도 나고 멍도 들고 그랬다. 그래도 얼굴을 팽팽하게 만들어주고 신체 나이를 젊게 만들어준다는데 좀 참을성 있게 다녀볼까 생각을 1분 했지만 자꾸 피가 질질 흐르는 게 좀 그래서 그만뒀다.

쓰다 보니 우리 엄마가 좀 무식한 사람처럼 보일까 봐 걱정된다. 우리 엄마는…… 절대 그렇지 않다. 아무튼.

엄마는 나의 손목 염증이 맘에 걸렸는지 이번엔 상도동 성당으로 날 데리고 갔다. 거기 가면 땅의 수맥을 짚듯이 신체의 맥을 짚어주는 할아버지가 있는데, 그분이 짚어주는 맥을 따라 몸에 스티커를 붙이면 그게 그렇게 효과가 있단다. 최근 엄마의 아킬레스건 염증과 허리 통증도 이 덕분에 좀 좋아졌다니 나도 그곳을 찾아갔다. 그분은 나를 보자마자 내 정수리에 손을 얹더니 "침대 밑에 수맥이 흐르는구먼!" 했다. 아니, 내 침대는 경기도 고양시 화정동에 있고 내 머리는 지금 서울 상도동에 있는데 그걸 어떻게 알지? "어머, 세상에 그걸 어떻게 아셨어요?" 나는 화들짝 되물었고 "좀 있으면 왼쪽 어깨가 아플 거야"라고 중얼거리며 할아버지는 '꽃게랑' 과자처럼 생긴 스티커를 내 몸 여기저기 막 붙였다. 엄마의 아킬레스건 주변과 허리, 배 일대에 붙어 있던 바로 그 스티커였다.

'꽃게랑' 스티커 하나에는 여섯 개의 구멍이 있다. 그 스티커 구멍마다 매직으로 색칠하고 스티커가 떨어지면 표시된 자리에 맞춰 다시 붙여야 된다. '꽃게랑' 스티커는 여섯 개에 만 원이지만 앞으로 성당 좀 열심히 다니라며 그냥 붙여주었다. 그러더니 수맥에 대해서는 다시 한번 잘 생각해 보라고 했다. "한번 수맥이 흐르는 집에 살던 사람은 이사 갈 때 꼭 수맥이 더 세게 흐르는 집으로 가더라. 그게 바닥에 동판 깔고 이사 간다고 피할 수 있는 문제가 아니다. '일본도'를 아느냐. 그게 일본 칼인데 칼 알지? 칼! 이렇게 생긴 무시무시한 칼! 언제든지 나를 불러! 애초부터 수맥의 흐름을 바꿔줘야 해!" 좀 맥락이 오락가락하는 할아버지 말씀이었다.

쓰다 보니 우리 엄마가 진짜 계속 무식한 사람처럼 보이는 것 같다. 절대 아닌데…….

아무튼, 내 살에 붙은 '꽃게랑' 스티커의 구멍은 총 360개다. 유성 매직으로 내 몸에 360개의 구멍을 색칠하면서 나는 또 엄마를 생각했다. 우리 엄마는 스티커 구멍마다 매직으로 색칠을 하면서 무슨 생각을 했을까. 엄마가 아프지 않으면 좋겠다.

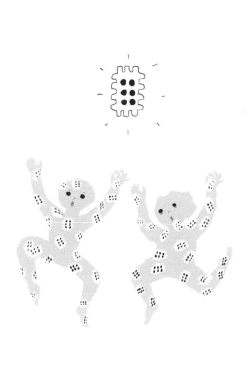

올해는 아무도 모르게 죽을 고비를 넘기며 시간을 보냈는데

이렇게 연말이 되니 그래도 살아남아 감개무량은…… 무슨.

시나리오만 쓰다가 죽기는 싫다.

2012. 12 .6.

엄마 문자

#

여자는 죽을 때까지

자기 관리에서 손 놓으면

그때부터

팍팍 늙어

젊을 때는 탄력이 있어서

유지할 수 있지만

나이 들어서 손 놓으면

금방 늙어

엄마는

손 놓는 순간 팍 늙는 게 보여서

못 놓고 꾸준히 해

# #

경미야

너 아침에 일어나면

까만 상아 뿔로

얼굴 문지르지 않니???

그거 꾸준히 하면

눈 밑에 처짐도 좀 막을 수 있어

경아도 그거 하는데

머든지

꾸준해야 효과 있어

하다가

안 하다가 하면

효과 엄써

—결혼을 앞두고 내가 빨리 늙을까 봐 갑자기 걱정되었나 보다.

# #

경미야

너 책상 앞에

'척추가 반듯해야 건강하다'

'반듯한 자세가 건강하다'

꼭 써서 붙여놓고

사진 찍어 엄마한테 보내라

특히 넌 꼬리가 나온 데다가

항상 자세가

구부리는 게 심하다

엄마 고생하는 거 봐서

정신 꼭 차려야 한다

앉으면 딱 보이게 붙여라

사진 보내라 😈

—엄마는 요즘 허리 디스크 때문에 아주 많이 고생 중이다.

#

너 책상 앉으면

딱 보이는 자리에

'반듯한 자세'

적은 거 사진 찍어서 보내

외출할 때

항상 머플러 가방에 넣고 다녀

오슬오슬하면 감기 침투한다

#

경미야

아래층 나쁜 새끼

문자 안 오지?

#

경미야

오늘도 밝게 힘차게 보내라

엄마는 점점 많이 좋아지고 있어

우리 딸

#

바쁠수록 자세 균형 잃지 마라

반듯한 모습

첫 방영은 카리스마 있었어

바쁠수록 골고루 머코

방송 나올 때는

입술을 살짝만 바르면 좋겠다 하네

아빠가

거기서 해주는 대로 안 한다고 해

다음에는 자연스럽게 하면 돼

잘 나올 때도 있어

그래

잘 자라

— 방송에 출연한 내 모습을 보더니 메이크업이 마음에 안 들었나
  보다.

#

신발 그래 신고

누구 만나니

옷 아무렇게 입지 마라

#

넌 못생기게 나왔다

—내가 출연한 방송을 보고 나서.

#

경미야
집에 올 때 너 홍당무 때
투자자가 해준 스카프
엄마 줄래
너 잘 안 하던데
봉소(필수 부모로 추정됨) 만날 때 하려고

— 내 남편 '피어스 콘란'의 한국 이름은 '권필수'다. 이렇게 근본
없이 성을 만들다니 권씨들에게 미안하다.

#

경미야

너희들 결혼 날짜 정할 때

가능하면 봄에 잡을 수 있었으면 좋겠다

아빠도 이제 80 향해 가니까

할 수 없으면 할 수 없고

#

경미야

저녁 이빨 닦고

소주로 입안을 림프 2~3분

정도 해봐

이빨이 뽀뜨득뽀뜨득한다

잇몸이 핑크로 건강해져

―소주에 단 성분이 있어서 치아 건강에 안 좋을 텐데, 엄마?

림프하고

뱉어내고 물로 입안을 헹구어야지

어머님 말 들으면

자다가도 떡이 생긴다네

— '림프'가 무슨 뜻인지 모르겠지만 대강 눈치로 알 것 같다.

\#

오늘

너가 태어난 날

아침 9시란다

한 해를 다시 선물 받으니

감사하고

오늘 행복하게 보내거라

요래 🐾

\#

주례도 없으면 좋겠다

돈도 안 들어가고

남들은 주례 긴 것

딱 딱 질색이야

\#

밥 좀 해놓와요

저녁까지

—아빠한테 보낼 문자를 잘못 보냈다.

\#

너희들이 좋으면

엄마도 좋와

잘 보낸 오늘 하루 감사하자

엄마 폰 끈다

\#

경찰에서 날아온 공식 메시지입니다 :

밤에 운전을 하실 때 차 창문으로 계란이 던져졌다면, 무슨 일인지 확인하기 위해 차를 멈추지 마시고, 창문 와이퍼나 물 뿌리는 것을 작동하지도 마세요. 왜냐면 계란이 물과 섞이면 밀키(진듯)해져서 앞의 시야를 92.5% 가리게 됩니다. 그렇게 된다면 당신은 어쩔 수 없이 차를 옆길에다가 세우게 될 거고 그렇게 되면 범죄의 대상이 될 것 입니다. 요즘 갱스터들이 새롭게 사용하는 범죄 기술입니다. 그러니 꼭 친구들과 가족들에게 이를 알려주세요. 그리고 가장 중요한 것은 혼자만 알고 이를 남들에게 알리지 않는 이기적인 행동을 하지 마세요.

\#

경미야

청첩장은 저렴하면서

심플한 것 좋더라

좋은 거 해봤자

아무 소용 없더라

\#

경미야

편안히 잘 자라

좀 더 찾아보고

정말 없으면 오늘 보았던 거 하면 돼

너 정도 인물이면

찾을 거야

엄마 잔다

— 결혼식에 웨딩드레스 대신 교복 원피스 입겠다고 했다가 엄마

　　9일 기도 들어간 날.

요가 꾸준히 해

옛날 너 몸매 생각하면

요가해서 등 두둑한 살

싹 빠진 거야

우리 집안은 등짝이 유전인데

요가해서 달라진 거야

두 달 요가 꾸준히 해봐

팔목 힘 주는 거 좀 피하고

오늘 너 몸매 끝내주더라

골고루 잘 먹어

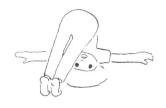

— 엄마랑 같이 가서 웨딩드레스 처음 입어본 날.

# #

잘했다

너가 모자라는 거

상대가 가지고 있고

너가 잘하는 거

상대가 부족한 거야

그래서 혼자보다

둘이 의지하는 게 좋은 거야

또 혼자 있을 때보다

둘이 있으면

불편할 때가 있어

그런 거는 내가 희생하는 거

이게 사람 인 자라는 거다

경미야

오늘도 바쁘게 잘 보냈지

감사하자

편안히 잘 자라

엄마는 자기 전에 '편안히 잘 자라'라는 문자를 지금도 자주 보낸다.

어둡고 긴 터널을 외롭게 지나던 시절이 있었다.
약도 안 듣는 지독한 불면증에 시달렸다.
누구에게도 마음을 털어놓지 않고 혼자 견뎠다.

입은 꼭 다문 채 점점 마르고 새까맣게 변해가는 나를 본 뒤로 엄마는 매일 밤 "편안히 잘 자라" 문자를 보내주었다.
어두운 망망대해 위에 혼자 남은 기분으로 잠자리에 들 때, 엄마의 문자는 그날 밤을 버틸 수 있게 해주는 유일한 빛이었다.

그래서 나는 지금도 저 문자를 가만히 보고 있으면 눈물이 난다.

반신욕

#

2박 3일 만에 외출. 동네 건강 보조 식품 회사에 왔다.

여기 오면 원적외선 반신욕을 무료로 체험할 수 있다는데, 그게 진짜 새로 태어나는 기분이라며 경아가 강력 추천했다. 좀비 몰골로 체험 반신욕조 안에 들어갔다. 카운슬러가 건강 티 1.5리터를 지금 다 마셔야 된다고 주더니 나랑 마주 앉아서 라이프스타일을 조사한다. 이 안에 갇혀서 일일이 대답하자니 좀 웃기다.

#

이게 진짜로 좀 개운한 기분이다. 결코 나쁘지 않다.

오늘은 반신욕조 안에 앉아서 "아, 왜 이렇게 평균 수명이 길어지는 거죠? 귀찮게"라고 말했는데 카운슬러가 너무 크게 웃었다. 지금 생각하니 좀 웃기다.

#

사랑은 서로의 생명력을 주고받는 일이라는 말이 참 와닿는다.

……반신욕을 해서 그런가?

#

반신욕조를 사서 집에 두고 싶은데 굉장히 비싸구나.

#

결국 반신욕조 안에 갇혀서 6만 원짜리 단백질 파우더랑 5만 원짜리 셰이크를 강매했다. 어쩐지 너무 잘해주더라.

누구든지 나한테 이상하다는 말 한 번만 더 하면

이젠 진짜 다 때려치우고 자폭하겠다.

2013. 10. 02.

가족

어쩌다가 태어났는데 내 의지와 무관하게 멤버는 이미
정해졌다.

이건 확실히 복불복이다.

다음 달 나의 별자리는 내게 이런 예언을 한다.

'3월 6일 결혼 약속을 하게 될 거예요.'

3월 6일은 어금니 충치 신경 치료 예약 날짜다.

담당 치과 의사는 내 사촌 동생이다. 그리고 걔는 몇 년 전에 결혼
했다.

2014. 02. 27.

결혼 1

꿈이다. 여기는 내 결혼식장이다. 나는 이제 인생 끝장났다 싶어서 대성통곡한다. 은아 언니는 화장실이 급한데 못 찾아서 헤매는 꿈을 평생 반복해서 꾼다는데 나는 결혼식장에서 신부가 되는 꿈을 평생 반복해서 꾼다. 구멍이 숭숭 난 검은 웨딩드레스를 입고 비단길 출발점으로 떠밀려 나와서 진심으로 지구가 멸망했으면 좋겠다는 심정으로 오열한 적도 있다.

그런데 나의 꿈이 현실이 됐다. 결혼 준비를 시작했다. 어차피 인생 혼자 가는 길이지만 나처럼 혼자 가는 누군가가 옆에서 같이 혼자 가면 좋겠다는 생각을 한 지는 몇 년 됐다. 그래도 막상 결혼을 했는데 파트너가 죽어버리면 어떡하지, 아니면 파트너가 불치병에 걸렸는데 매달 병원비만 몇 천만 원씩 들어가면 어떡하지, 아니면 결혼했는데 파트너가…… 이런 고민을 하다가 문득 내가 여기서 갑자기 죽어버리면 어떡하지 생각하니, 내 파트너는 어떡하지 같은 고민은 싹 사라졌다. 결혼에 대한 로망은 모르겠고, 혼자 사는 인생 혼자 가는 누군가랑 같이 가고 어쩌고저쩌고 다 모르겠고 우선 내가 갑자기 죽을까 봐 결혼을 결심했다.

그래도 딱 한 번 파트너 걱정을 한 적은 있다. "필수야, 미안해. 내가 너보다 나이가 열세 살이나 많아서 아무래도 먼저 죽을 텐데 그럼 너는 어떡하지?" 물었더니 "걱정 마, 내가 먼저 죽을 수도 있어. 너도 알다시피 나는 콩팥이 한 개잖아" 그러기에 나도 마음 놓고 결혼을 결심했다.

결혼식은 부활절 주말로 정했다. 그때는 필수의 가족, 친구들이 모두 한국에 올 수 있기 때문이다.

결혼 2

결혼식 준비가 영 골치 아프다.

난 순백의 웨딩드레스가 싫다. 왜 옷을 가지고 순결을 상징해야 하는지 도무지 납득이 안 된다. 신부 대기실에 앉아서 누굴 맞이하는 것도 싫다. 왜 식을 시작하기 전에 어디 틀어박혀 있어야 하는지 납득이 안 된다. 사람들 보는 앞에서 비단길을 걷기 싫다. 고개를 숙이고 걷는 것도 싫고 일단 그 하얀색 길이 너무 창피하다. 하객 많은 결혼식 싫다. 일반 예식장 싫다. 피로연 뷔페 싫다. 어설픈 스테이크도 비싸기만 하고 싫다. 이것저것 싫은 점 다 빼고 하자니 결혼식 비용이 실로 어마어마하다. 견적서를 받았더니 없던 종교심이 생기면서 성당에서 결혼하는 방법을 생각해냈다. 그런데…… 그날은 예수님이 부활하셔서 전국의 모든 성당이 바쁘다.

그러면 결혼식 비용을 줄이기 위해 작고 소박한 결혼식을 계획해보자. 하객을 150명까지 줄이면 뭐 좀 찾아볼 수 있겠다 싶은데, 부모님 쪽 하객이 아무리 줄여도 최소 150명이라니 사실 나는 내 친구 5명만 불러도 되는데, 그렇게 되면 이게 과연 누구를 위한 결혼식인가 싶기도 하고, 그런데 필수는 또 웨스턴 스타일로다가 결혼식 당일에 밤새도록 파티를 해야 한다고 주장하고, 우리나라 결혼식은 파티 문화 아니야, 내 친구들은 결혼식 끝나면 다 집에 갈 거야 필수야, 사실 난 별로 친구도 없단 말야 아우 난 몰라, 이젠. 그냥 결혼 안 할래. 드러누웠다가 주섬주섬 일어나서 예식장 검색을 다시 시작한다.

　많은 점쟁이가 나는 평생 혼자 산다고 그랬는데 이 결혼, 정말 치를 수 있을까.

이번 달 나의 별자리는 내게 조언한다.

'성형수술을 감행하기에 좋은 시기입니다.'

솔직히 내가 제일 바꾸고 싶은 부분은 목이다. 목을 굵고 길게 늘이고 싶다. 다음은 어깨. 어깨를 각지고 넓게 만들고 싶다. 다음은 피부. 피부를 두껍게 만들고 싶다. 다음은 눈. 노안을 막고 싶다. 아니 귀가 먼저. 말귀를 잘 못 알아듣는다. 끝.

2014. 02. 12.

필수와의 대화 1

— 내일 뭐 해?

— 내일 홍제동에 가.

— 홍제동에서 누구 만나?

— 비밀이야.

— 왜 비밀이야?

— 비밀이니까.

— 나한테만 비밀이야?

— 응. 너는 외국인이라서 안 돼.

— 뭐?

— 백인.

— 뭐?? 너 그거 인종 차별이야.

— 나는 동양인이니까 괜찮아. 너는 백인 이주 노동자고.

— 왜 인종 차별해? 인종 차별하면 안 돼!

— 나는 돼. 나는 여자거든.

— 뭐? 여자는 인종 차별해도 돼?

— 왜? 안 돼? 너 지금 내가 여자라고 무시하냐? 너 지금
  백인이라고 나 무시하는 거야?

* 결혼식을 앞두고 홍제동 피부과 예약을 했는데 신랑 모르게 조
  금씩 예뻐지는 게 좋다고 누가 그래서……

배가 고파서 큰 생선 한 마리를 통째 구워 다 먹었다.

필립 시모어 호프만이 세상을 떠나서 오늘은 내내 우울하다.

큰 생선 한 마리를 통째로 먹었다니 믿기 힘들겠지만.

_____

2014. 02. 03.

필수와의 대화 2

필수는 쓰레기통을 부엌 싱크대에서 닦는다.

자기네 가족은 원래 그런다고 한다.

나는 쓰레기통을 욕실에서 닦는다.

요리하는 자리에서 쓰레기통을 닦다니 말도 안 된다.

필수는 얼굴을 닦는 자리에서 쓰레기통을 닦다니 토 나
온다고 한다.

어렵네.

태도의 발견

존 더글러스의 『마인드 헌터』를 읽고 있다. 그는 미국 최초의 프로파일러다. 청년 시절 주급 7달러의 군인 생활을 그만두고 FBI에 입사하면서 바퀴벌레가 우글거리는 지하 생활을 탈출했지만, 나머지 인생의 대부분을 창문 없는 지하실에서 그보다 더 끔찍한 범죄 사건들을 연구하게 될 줄은 꿈에도 몰랐다고 한다.

김태용 감독님에게 결혼 소식을 전했다.

─ 드디어 우리 다문화 가정에 합류하게 되셨군요. 진심으로 축하해요. 제가 요즘 역학을 공부하는데요. 사람 운명은 정해져 있는 것 같다는 생각이 점점 들어요.
─ 그럼 무섭지 않아요? 내 운명이 나쁘다는 걸 알게 되

면 어떡해요?

— 나쁘더라도 전혀 모르는 것보다 그걸 아는 게 더 마음
편하지 않아요? '어떻게 하면 여기서 좀 더 나아질 수
있을까', 이제부터 생각하면 되니까요.

어느 홍콩 영화에서 아내가 적과 싸우며 남편을 지켜내
는 액션 장면을 보고 처음 꿈이 생겼다. 그런 여자가 되고
싶었다.

그런데 며칠 전, 필수가 새로운 사실을 알려줬다. 내가 위
험에 빠졌을 경우 필수가 상대를 해한다면 아무리 방어적
공격이라도 필수는 국외 추방된다는 것이다. 그러니까 나
는 필수를 보호할 수 있지만 필수는 나를 보호할 수 없다.

굳이 '남편은 나를 보호할 수 없는 상황'일 것까지야……

사실은 결혼을 앞두고 무섭다. 둘 다 인생의 늪에 빠졌는
데 나 혼자 도망치고 싶어지면 어떡하지.(필수가 도망칠 수
있다는 생각은 전혀 안 함;;)

그런데 『마인드 헌터』를 읽다가 문득 생각했다. 그래, 바퀴벌레와 같이 사는 지하 생활이나 바퀴벌레보다 더 끔찍한 범죄 사건을 연구하는 지하 생활이나 어차피 인생 도망칠 수 없다고.

이렇게 생각하니 진짜 무섭다. 여기서 더 나아질 방법이 없다. 괜히 생각했다. 정신 똑바로 차리고 생각하지 말자.

필수는 직장인이고 체납 한 번 없는 착실한 고객인데(심지어 국민연금을 나보다 많이 납부함) 7년째 신용카드 발급이 안 되고 그나마 가진 체크카드도 한도가 너무 낮아서 뭘 할 수가 없다는 사실을 알고 은행에 갔다. 나 같은 비정규직한테도 신용카드를 주면서 왜 권필수는 안 되냐고 물었더니 '외국인이라서 안 된다'는 워딩을 피하려고 온갖 수사를 동원해서 동문서답하는데 열 받아서 내 신용카드와 계좌, 권필수 계좌까지 다 없애버렸다. 얘는 왜 이렇게 불편한 나라에 와서 이 고생을 하는 걸까. 속상해서 "너는 왜 이 나라에 왔니, 외국인?" 물었더니 "은행이랑 싸우려고 왔어" 대답한다.

2018. 06. 07.

문화 차이

필수는 외아들이고 일찍이 기숙학교 생활을 시작하면서 부모로부터 독립했다. 필수 부모님은 필수에게 경제적인 도움을 안 주는 대신 가계부 쓰는 습관을 가르쳤다. 생각보다 돈이 참 중요하다고 느낀다. 최소한의 사람 구실도 못할 때 받는 스트레스가 꽤 크다는 사실을 나는 잘 안다. 일이 안 풀리고 돈이 없던 시절에, 나는 사람 만나고 싶으면 정아가 운영하는 작은 펍에 갔다. 가면 정아가 밥도 주고 술도 줬다. 도통 마음이 힘들 땐 정아의 펍에서 하루 종일 지냈다. 정아가 일하는 틈틈이 같이 수다 떨고 춤추고 노래 불렀다. 비 오는 어느 날 밤엔 하도 답답해서 밖으로 뛰쳐나갔다. 빗속에서 종관이랑 정아랑 셋이 와아아아!! 큰 소리를 내며 강강술래를 했다. 그때 좋은 추억도 많이 만들었지만 또다시 그렇게 곤궁했던 시절을 겪고 싶지 않다.

필수에 비하면, 우리 부모님은 내게 정말 많은 걸 줬다. 늘 곁에서 염려해주고 먹을 것, 입을 것을 수시로 챙겨주고 돈도 줬다. 나이 들어서 부모로부터 보살핌을 받는 일은 되게 괴롭다. 그래도 살아야 되니까 다 받았다. 다른 기술이 있었으면 일찍이 직업을 갈아탔을 것이다. 우리 아빠는 늘 가혹했고 엄마는 한없이 따뜻했다. 아빠가 덜 가혹했으면 엄마도 덜 따뜻했을까. 그래도 돈을 챙겨주는 사람은 아빠였지만……

나는 군 복무를 안 한 대신 아빠를 겪었다. 나의 비교적 강한 멘털과 오기, 집착의 8할은 아빠 덕분이다. 엄마는 내게 요리법을 가르쳐주고 싶어 했지만 끝내 실패했다. 내 음식은 이 세상에서 나만 맛있게 먹는다, 아니 사실은 나도 맛없다.

필수랑 같이 살면서 느끼는 차이점 중에 '가족'에 대한 태도가 있다. 일단, 필수에게는 '연민'이 별로 없다. 나도 '연민'을 좋아하지 않는다. 특히 '자기 연민'은 최악이다. 이것은 그냥 민폐다. 그런데 우리나라 사람들은 이 부분에 대해서 꽤 관대한 편이고 남을 불쌍히 여기고 내 일처럼 돌봐주는 일을 큰 미덕으로 삼는다. 물론 누군가를 도와주는 일은 아주 위대하다. 문제는 불쌍히 여긴다는 점이다.

필수와 나는 서로의 언어에 서투르지만 같이 지내는 데에 어려움이 없다. 문제는 우리가 내 친정 식구와 함께 시간을 보낼 때다. 엄마는 필수와 고스톱을 치고 싶고 아빠는 필수와 단둘이 소주 한잔 나누고 싶고 동생 부부는 필수와 바비큐 여행을 가고 싶은데 필수가 넉살 좋은 외국인도 아니고 나는 자유롭게 통역을 할 수 없으니 다 같이 모여도 각자의 최선은 웃음을 나누는 일이다. 필수는 왜 우리가 자주 만나고, 연락은 더 자주 주고받고, 어느 때는 잘 모르는 사람까지 신경 써주고 책임을 다해야 하는지 이해하기 어렵다. 상황이 이렇다 보니 다 같이 모여서 웃기만 하는 이런 자리는 정말이지 모두에게 진땀 나는 일이다.

지난달 가족 회식은 필수가 좋아하는 삼겹살 식당으로 결정했다.(필수는 상관하지 않는데 우리끼리 필수를 배려함.) 필수가 정성스럽게 쌈을 싸서 내게 먼저 줬는데 나는 그걸 받지 않고 바로 아빠에게 넘겼다가 후회했다. 두 남자가 쌈을 주고받는 모습이, 남북 정상회담에서 만난 문재인과 김정은도 이렇게 어색하지는 않았겠다 싶다. 쌈 나누기를 어렵게 통과한 뒤 필수는 제 쌈을 쌌다. 상추와 깻잎 위에 밥을 조금 올리고 삼겹살, 마늘, 쌈장, 구운 김치 그리고 파채를 조금 올렸다. 엄마가 필수랑 친해지고 싶은 마음에 마늘을 더 집어서 필수의 쌈 위에 올려놓았다. 필수는 "마늘 이미 있어요" 말하고 엄마가 준 마늘만 콕 집어서 다시 내려놨다. 나는 당황했고 동생은 웃음을 터뜨렸다. 필수는 처제가 왜 저렇게 웃는지 이해하지 못해서 나보다 더 당황했다.

아빠는 기대하던 술친구가 없어서 그런가, 고기 몇 점 먹고 끝냈고 나도 괜히 몸이 더워져서 먹다 그만뒀다. 자리가 어색하니 다들 입맛이 없었나…… 고기가 많이 남았는데 필수가 영어로 혼잣말을 했다. "도축한 고기는 남기면 안 돼. 먹기 위해 동물을 죽였기 때문이야." 그러고는 책임감을 가지고 남은 고기를 해치웠다. 엄마는 너무 큰 사람이 너무 많이 먹는 모습을 보면서 그동안 얼마나 고기를 먹고 싶었으면 세상에, 우리가 남긴 것까지…… 충격적으로 연민을 느끼셨다.

며칠 전 필수의 생일이었다. 온 가족이 따로 축하 문자를 보냈다. 여기서 가장 고난도는 제부의 문자다.

― 늦었지만 급나 축하해부러여~ 귀빠진날인디 먹국은
   드셨는교? 담에 두꺼비 오지게 땡겨부러유~ 😄

여기서 필수가 이해할 수 있는 단어는 '늦었지만' '축하'
'귀' 그리고 '두꺼비'가 전부다. 그리고 필수는 미역국을 진
짜 싫어한다.

조금 불안했지만 필수의 한국말 답장을 도와주지 않았다.
잠시 후, 필수의 답장을 동생이 알려줬다.

― 안녕하세요? 너무 감사해요! 슬프게도 이 아침에 먹국
   을 안 먹었는데 이제 너무 맛있는 저녁 식사를 먹는 중
   이에요. 그리고 그래요! 다음에 두꺼비를 같이 잘 쫓아
   다녀요!

별자리는 내게 말한다.

5월 하반기엔 금성이 들어와

해프닝과 설렘으로 가득 찬 아모레의 시작이라고.

아모레, 안 돼. 프란체스카, 내게 이러지 마.

—————
2018. 05. 15.

결혼 준비

나이 들어서 결혼하는데 웨딩드레스는 좀 부끄러워서 단정한 원피스를 골랐다. 요란하지 않아서 아주 흡족했다. 입어보니 교복 같기도 하고 수녀복 같기도 하다. 해영이는 내가 신부 도우미 같다고 했다. 필수는 돌아가신 외증조 할머니 처녀 시절 의복 스타일이라고 했다. 우리 엄마는 내 사진을 보더니 이럴 순 없다며 9일 기도에 들어갔다.

우리 엄마는 참 오목조목한 미인이다. 큰이모는 좀 서구적으로 기가 막히게 미인이고 둘째 이모, 사촌들도 다 그쪽이다. 우리 외갓집 혈통엔 분명히 외국인이 있을 것이라고 어렸을 때부터 생각했다. 이 판에서 우리 자매만 카테고리가 다르다. 우리가 이렇게 된 원인은 솔직히 아빠밖에 없다. 구체적인 설명은 생략하겠다. 우린 괜찮다.

엄마는 지금도 정기적으로 돼지껍데기를 삶아서 곱게 간 뒤 소분을 해서 냉동시킨다. 그러고는 매일 한 덩어리씩 해동시켜 얼굴 팩을 하고 꿀과 우유 세안으로 마무리한다. 그래서 엄마가 가출했을 때 의치와 부분 가발을 욕실에 두고 가서 안심했다. '이틀 이상 못 가겠구나……'

엄마가 내게 바라는 건 간단하다. "여자답게 걸음걸이 좀 신경 쓰고, 옷 좀 단정하게 입고, 엄마 안 창피하게 엉덩이 축 처진 바지 좀 입지 말고, 운동화 좀 빨아 신고, 앉을 때 허리 좀 똑바르게 신경 쓰고. 안 그러면 어깨에 두둑하게 살이 붙어서 금방 아줌마처럼 몸이 망가져. 너, 요즘 통 요가 안 하지? 엄마처럼 요가를 꾸준히 해야 되는데. 엄마는 지금도 매일 집에서 요가 해. 너 도대체 벌써부터 어떡할라고 그러니. 앞머리 좀 요래요래 내려서 얼굴 좀 가리지 말고 머리 뿌리를 좀 신경 써서 머리통에 들러붙지 않게 해. 안 그럼 사람이 초라해 보여서 안 되는데. 머리카락 좀 띄울 수 있게 파마를 한번 하면 좋겠는데 죽어도 얘가 말을 안 듣네, 에휴." 뭐 이런 사소한 여러 가지.

엄마한테 나의 웨딩드레스 9일 기도는 지금 절박하다. 한

편 나는 필수와 함께 청첩장 내용을 정했다.

"저희는 부부의 파멸을 다룬 이야기 덕분에 처음 만났습니다. 이제 저희 부부의 이야기를 시작합니다. 부디 이 특별한 날을 저희와 함께해주세요."

여기서 "부부의 파멸을 다룬 이야기"는 영화 〈비밀은 없다〉를 뜻한다. 우리는 너무나 흡족했다. '파멸'로 시작하는 오프닝도 재미있고 '부부'와 '이야기'라는 단어가 중복되면서 리듬을 만드는 부분이 특히 마음에 들었다. '그렇다면 과연 이들은 어떻게 될까?'와 같은 열린 결말도 아주 좋았다. 이제 인쇄 들어가면 되는데 휴대전화를 보니 엄마의 부재중 전화가 폭주했다. 동생이 청첩장 내용을 일렀나 보다.

그리고 엄마의 '부재중 전화' 틈에 새 문자가 왔다. 나를 돕고 싶다는 '웨딩드레스 플래너'가 나타난 것이다. 나한테는 웨딩 플래너가 있는데 드레스 플래너도 생겼다. 드디어 엄마의 9일 기도가 하늘에 닿았나 보다.

경미 그리고 피어스

부족한 점은 서로 도우며

함께하려고 합니다.

저희의 시작을 축복해주세요.

Kyoungmi & Pierce

To help each other, to bear one another's burdens,

to be together, no longer alone,

Please come celebrate the start of our journey.

———

2018. 03. 31.

— 필수는 내 이름이 앞에 있어야 한다고 끝까지 주장했다.

결혼식을 마치고

내 인생의 첫 흥행 작품이 영화가 아니라 결혼식이 될 줄은 몰랐다.

돈봉투 내고 밥만 먹고 가는 형식적인 예식을 피하려고 필수와 준비를 많이 했다. 신혼여행도 생략하고 집을 구하는 예산도 미루고 오로지 의미 있는 예식과 파티에 주력했다. 부모님을 위한 예식이기도 하지만 우리 둘을 위한 예식이라는 점을 필수가 포기하지 않은 덕분이다.

밤새 취하고 춤추고 모두 다 함께 사랑과 기쁨을 나눴다.

그리고 다음 날 잠에서 깨자 공포가 밀려왔다.

내가 무슨 짓을 저지른 거지.

이렇게 많은 축복과 축의금을 받았는데

나는 이제 큰일 났다.

새집

　나는 서른일곱 살, 늦은 나이에 부모로부터 독립했다. 처음엔 책상, 의자만 가지고 나가서 작업실을 차린다고 설득했지만 아빠는 노발대발했다. 그래도 나왔다. 분당의 산 밑자락에 있는 작은 빌라가 나의 첫 공간이었다. 집엔 늘 곰팡이가 폈고 하수구 냄새 때문에 스트레스 받고 교통편이 안 좋아서 매일 밤 귀가할 땐 목숨 걸고 뛰었다. 그래도 책상 앞에 앉으면 큰 창 너머로 나무와 꽃을 볼 수 있어서 정말 행복했다.

　필수 부모가 필수에게 가계부 쓰는 습관을 물려준 것처럼 우리 부모는 내게 운동하는 습관을 물려줬다. 그래서 나의 삼십 대는 건강했다. 매일 뒷산에 올랐고 건강한 식습관을 지켰다.

그렇지만 삶은 쉽지 않았다. 사랑에 실패했고 사람 관계도 어려웠고 일도 잘 안 풀렸다. 설상가상으로 전세금이 폭등하면서 나는 대책 없이 쫓겨났다. 2주 만에 어떻게 다른 집을 구했는지 기억이 안 나는 이유는 내가 아무것도 안 했기 때문이다. 번아웃된 나를 질질 끌고 우리 엄마가 겨우 구한 집이 지금 내가 살고 있는 화정의 아주 오래된 아파트다. 나는 사는 게 힘들었다. 일은 한도 끝도 없이 꼬였고 모든 사람 관계가 내 뜻대로 안 됐다. 시간이 흐를수록 자신감은 떨어졌고 너무나 가난했다. 나는 매일 열심히 일하는데 왜 이렇게 계속 가난한지 납득이 안 됐다.

이사하던 날엔 비가 억수같이 쏟아졌다. 은아 언니가 집주인과 싸워줬다. 갑자기 한 달 주고 전세금을 6천만 원 넘게 올리면서 2주 늦게 이사한다고 한 달치 월세를 더 받는 게 말이 되냐며 한바탕했다. 그때 깨달았다. 혼자 사는 사람은 쌈닭이 돼야 호구가 안 된다.

쫓겨 나온 이곳에서 나는 심각한 우울증과 불면증을 얻었다. 어둡고 긴 터널에서 나를 버틸 수 있게 해준 건 엄마의 문자와 쌈짓돈, 말 없는 아빠의 송금 그리고 박찬욱 감독님의 꾸준한 관심이었다.

해영이가 〈독전〉으로 대박쳤다. 상업영화 시장에서 세 작
품을 연이어 흥행하지 못한 경우 그다음 작품을 만든 감독
은 없었다. 그런데 해영이가 그 기록을 깨고 흥행도 했다.

'돈 버는 일은 중요한 거야.'
영화를 계속 만들어야 되는데 본업과 무관한 일이 들어
오면 늘 해영이와 상의한다. 이걸 했다가 앞으로 영화 만드
는 게 더 어려워지면 어떡하지? 하고 고민하면 언제나 결론
은 하나다.

'그럼, 돈 버는 일은 중요한 거야.'

필수의 집은 해방촌에 있었다. 싸고 오래된 집이라서 모
든 시설이 안 좋았지만 산동네라서 전망이 좋았다. 필수는
책상과 의자, 작은 옷장 그리고 바퀴벌레를 데리고 우리 집
에 들어왔다.

바로 집을 내놨는데 1년 넘게 소식이 없어 하는 수 없이

우리는 싱글 베드에서 함께 지냈다. 참고로 필수는 키 194, 발 사이즈 320이다. 그래도 나는 필수가 돈도 없으면서 미안해하지도 않아서 참 좋다.

"나는 돈은 없지만 은행 빚도 없잖아. 빚이 있는 사람들이 얼마나 많은데. 내 나이에 돈이 많으면 이상한 거야. 그리고 나는 앞으로 돈을 벌 거야." 필수가 해맑게 웃으면서 이렇게 말하면 다른 건 다 모르겠고 나는 그 마지막 문장이 그렇게 반가웠다.

그리고 드디어 집이 나갔다.

너무 자랑하고 싶어서 참고로 덧붙이자면,

우리의 신혼집은 필수의 필수 조건인 '해가 잘 드는 넓은 부엌과 아일랜드 식탁이 있는' 집이다.

'좋은 건 같이할 때 행복하다'는 사실을 필수가 가르쳐준다.

트럼프와 김정은의 사이가 틀어져서 일산, 파주가 불바다가 되는 일만 없으면 우리는 머지않은 때에 공간 이동을 할예정이다.

꿈에 큰이모의 부고를 전해 들었다.

그분은 가죽 벨트에 불어로 유언을 새겨놓았는데 내용은 다음

과 같다.

"인생 허망하다. 그러하니 손안의 주름에 감사하라."

———

2013. 11. 02.

내가 들고 다니는 독사가 위험하다고들 말하지만 나는 궁금하

고 재밌기도 해서 그놈을 희롱했다가 그만 콱 물려버렸다. 그

놈이 밉지는 않았지만 또 물리면 안 되니까, 죽여버렸다. 꿈.

———

2013. 12. 30.

가부좌 자세로 눈을 감았다. 요가 선생은 "올해 2003년 자신을 속상하게 했던 일, 마음 아팠던 일들을 떠올려 종이에 적어봅니다"라고 주문했다. 2003년은 10년 전이다. 자꾸만 "2003년은……"이라고 하니까 명상이 잘 안 됐다.

어제 송년회 자리에서는 '올 한 해 내게 최악의 인간'을 꼽는 시간이 있었고 오늘 요가 시간엔 '올해 힘들고 속상했던 일'을 떠올려야 했는데, 다행인지 불행인지 없다.

2013. 12. 30.

진짜 바쁜데 모 잡지사에서 댓글 잘 달면 신선한 공기가 들어 있는 미스트를 준다길래 응모했다. 영화 관계자들이 못 봤으면 좋겠다.

2014. 02. 28.

정아는 사람들 앞에서 창피한 일이 생겼을 때 제 몸속의 내장을 꺼내 길게 늘여서 줄넘기하는 상상을 한단다. 그럼 당황하지 않는다는데 나는 그럴 때 오래된 멘톨 사탕 광고를 떠올린다. 멋진 미녀가 길을 걷다가 한쪽 하이힐 굽이 부러지면서 넘어진다. 여자는 멘톨 한 개를 입안에 넣더니 나머지 굽마저 부러뜨려 단화로 만들어 신고는 활기차게 걸어간다. 물론 내 역할은 멋진 미녀다.

———
2015. 07. 23.

동네 뷔페에 와서 네 접시째 비우고 있는데 은아 언니한테서 전화가 왔다. 지인이 유방암에 걸렸는데 아주 심각한 상태라며 심란해했다.
어떻게든 잘 먹고 열심히 운동하고 스트레스 받지 말라며 재차 당부했다. 나는 막 짐승처럼 먹으면서 내뱉었다.

"아우 몰라, 난 그냥 외로워서 스트레스 받을래."

그러고는 깜짝 놀랐다. 그래, 맞다. 나는 외로워서 스트레스 받는다.
아니, 이렇게 정확한 표현을 왜 이제야 찾아냈을까?!

———
2015. 10. 07.

시나리오를 쓰면서 경계하는 점.

나를 무고하고 억울하고 불쌍한 사람으로 만드는 습관.

어려운 장애물을 대충 피하고 싶은 습관.

인물을 통해 남 탓하고 싶은 습관.

2018. 06. 15.

주지 스님은 두어 시간 대화를 나눈 뒤 각자에게 어울리는 글귀를 써줬다. 나에게는 여의길상(如意吉祥). 항상 길하고 좋은 일은 자기 의지에 달려 있다는 뜻이다.

나는 소띠인데 내가 태어난 해가 검은 소라고 했다. 보통 백마, 백호 등등 흰색 동물 띠가 좋다는 얘긴 많이 들었는데 흑소라니 좀 불길했다. 내가 소심하게 머뭇거리니까 옆 사람이 흑소는 뭐냐고 물었다. 주지 스님은 난처하게 웃었고 옆에 계신 다른 스님이 미안한 표정으로 말했다. 평생 일을 많이 하는 소예요.

시바. 나는 사실 그래도 괜찮은데 스님들이 난처해하니까 괜히 내가 좀 불행하게 느껴져서 얼굴이 빨개졌는데 주지 스님이 "일 많이 하게 생겼잖아" 그러면서 자기는 백호라고 그러고 옆

스님이 자기는 청룡이라 그러고 좌청룡 우백호 용호상박 막 두

분이 서로 그러면서 웃고 난 구석에서 혼자 흑소.

2018. 06. 29.

나는 나를 믿는 일이 제일 어렵다.

어쨌든,

아주 조금씩 가고 있다.

2010. 04. 04.

4부

아빠,
미안해하지 마

분당서울대병원

아빠는 결국 〈보건교사 안은영〉 촬영 중에 세상을 떠나셨다. 아빠가 돌아가신 날, 분당서울대병원 장례식장 뒤로 붉게 물든 노을이 아름다웠고 동생은 기절했다.

아빠는 마지막 날까지 동생에게 모든 걸 의지하셨다. 동생 역시 놀랍도록 찰떡같이 아빠의 수족이 되어드렸다.

나는 아빠의 마지막 여정을 함께하지 못했다는 슬픔과 끝내 아빠를 이해하지 못하고 보내드렸다는 서글픔에 잠식당했다.

집안에 한 사람이 아프면 나머지 가족들 사이에 불화가 생긴다더니 우리도 그 징크스를 비껴가지 못했다. 나는 동생과 영원히 화해하지 않겠다고 다짐했다.

〈보건교사 안은영〉을 마치고 건강검진을 받았는데 자궁적출을 제안받았다. 난 자궁이 없어도 괜찮은데 주변 사람들이 하도 귀찮게 굴어서 서울 소재의 웬만한 병원은 다 가봤지만 진단 결과는 매한가지였다. 수술 날짜를 잡고 나니 동생으로부터 연락이 왔다. 분당서울대병원의 어느 의사를 한번 만나보란다.

동생은 문제없어 보이는 것의 문제점을 찾아내는 데에 특별한 재능을 갖고 있다. 한번은 신축 아파트 단지에 살면서 동생이 건설 하자를 찾아내는 바람에 전 세대주의 집단소송이 진행된 적 있고, 또 언젠가는 초대받아서 간 집의 문설주가 휘고 있으니 2층 다락방 창틀에서 빗물이 새는 이유는 창틀 역시 휘고 있기 때문이라는 점을 찾아낸 적도 있다. 그리고 아빠가 숨기고 있던 병명과 그의 심각성도 동생이 찾아냈다.

동생은 분명히 아빠의 아픈 마음까지 알아주었을 것이다.

분당서울대병원 의사 선생님이 내 자궁을 지켜주겠다고 약속하셨다. 나는 내가 정말 기뻐해서 깜짝 놀랐다. 수술 날짜를 잡았다. 입원 기간 동안 보호자가 필요한데 입원실 보조침대와 필수의 사이즈는 서로 안 맞아도 너무 안 맞는다. 나 혼자 소변줄 쥐고 화장실 다녀오며 지내야겠다, 생각하니 조금 막막하던 차 동생이 먼저 도움을 자청해줬다.

그놈의 자궁 때문에 동생과 다시 만나게 됐다.

수술 후 마취에서 깨어날 때부터 극심한 통증이 시작했다. 내 비명이 병실 복도 전체에 울려 퍼졌고 데스크에선 비상이 걸렸다. 의료진들은 원인을 찾느라 분주했고 그사이에 나는 정신을 잃어갔다. 자궁 하나 지키겠다고 내가 죽다니…… 죽어가면서도 분했다.

동생은 의식이 없는 날 보면서 아빠가 연상돼서 잠시 시간 개념이 붕괴되는 경험을 했다고 한다.

나는 꿈에서 아빠를 만났다. 아빠가 나를 안고 정신 차리라며 내 뺨을 때렸다. 정신을 차리고 보니 동생이 내 뺨을

때리면서 정신 차리라고 소리치고 있었다.

고백하자면 나는 통증에 약한 사람이다. 나야 매번 진심이지만 남들 보기에는 호들갑이 심하다는 뜻이다. 수면마취 주사를 맞을 때도 나는 강한 통증을 호소한다. 이 주사 때문에 느끼는 나의 통증은 혹시 혈관이 폭파되기 직전의 전조 증상이 아닐지…… 간호사가 매번 아니라고 대답해줘도 나는 곯아떨어질 때까지 확인받기를 반복한다.

이런 내가 한번은 무마취로 대장내시경을 감행한 적이 있는데(그냥 너무 궁금해서……) 그때는 진짜 아파서 저세상 가는 줄.

아무튼 나는 죽지 않고 살았다.

남은 입원 기간 동안 우리는 장난치고 웃으면서 아빠에 대한 기억을 나눴다. 미뤄두었지만 속상했던 우리들에 대해서도 이야기 나눴다. 3년 전 여기서 보았던 아름다운 노을을 떠올렸다.

아빠는 "너한테 미안하다. 더 다정한 아빠가 될 수 있었는데……"라고 말씀하시고 한 달을 못 버티고 세상을 떠나셨다. 그때 나는 '아녜요'라든가 '괜찮아요'라든가 '무슨 말씀을 그렇게 하세요. 아빠도 참, 제가 아빠를 얼마나 사랑하는데 그런 바보 같은 말씀을 갑자기 왜 하시는 거예요' 따위의 적당한 빈말 한마디를 못 한 채 진땀만 흘리면서 아빠와의 통화를 마쳤다.

돌아가시기 전 어느 날엔가는 또 불쑥 "너는 나를 싫어하잖아"라고 말씀하셨는데 '하하하! 그게 무슨 소리야, 아빠. 내가 아빠를 얼마나 사랑하는데!' 이런 정답 같은 대답을 두고 왜 나는 당황해서 아무 말 못 한 채 실실대다가 도망쳤을까.

그 뒤로 3년을 보내더니 입원실에서 아파 죽는다고 지랄발광을 하면서 동생한테 "야!! 우리가 지금 살풀이를 하는 중인 거 같아!! 아아아아악!!" 그때는 죽음으로 향한 급행열차를 탔다고 생각해서 죽기 전에 하고 싶은 말을 했나 본데 한다는 말이 고작 '살풀이'라니…….

퇴원 후, 의사 선생님은 수술 전과 후의 내 자궁 사진을 비교해서 보여주셨다. 손바닥만 한 자궁의 여기저기서 떼어낸 덩어리들을 다 합치면 자궁 하나를 새로 만들어낼 수 있겠다 싶을 정도로 이것은 정말 말도 안 되게 손이 많이 가는 수술이었다.

이건 확실히 아빠도 엄마도 어쩔 수 없고, 동생이고 필수고 다 소용없다.

전국의 모든 의사들이(지금 이 순간 내게 '서울'은 곧 '전국'이다) 포기한 내 자궁을 이렇게까지 소중하게 지켜내주시다니……! 김용범 선생님, 정말 감사합니다!

'운전면허 시험'과 '자궁 근종 제거 수술'.

사람들은 둘 다 별것 아니라는데,

믿지 마라. 둘 다 아주 대단히 어려운 '별것'이다.

2021. 04. 27.

아빠와의 메일

2011-12-08

엄마도움없이 쓰는편지다 밥 제때제때 먹고 늘 건강에 신
경써라

Sent: 2011-12-08(목)

Subject: Re:

편지받았으면 답장 좀~~~ 해라

내가 확인을 해야한다

알것냐

Sent: 2011-12-08(목)

Subject: Re: Re: 아빠

아빠! 일단 급한 대로 아이폰으로 멜 확인하고 답장 보내요.

멜 성공 축하축하해요. 짝짝짝

:)))

2011-12-09

오늘날씨가 정말 정신이 번쩍 들 정도로 매섭다 이런날에
는 방콕이 상책인데…… 그 또한 맘대로 할수없는게 인생
이란다 무슨일이든 최선을다할때 후회도 좌절도 없다는 진
리를 잊지마라 항상 네곁에는 든든한 가족이 있음을믿고
힘내거라 추운날씨에 감기조심해라 아자아자 홧팅 !!!!ㅇ

Sent: 2011-12-10(토)

Subject: Re: Re: 아빠

예 아빠.

요즘에는 참 내가 생각하고 예상한 대로 흘러가는 일이
하나도 없다는 사실에 새삼 놀라고 있어요.
제게 무슨 큰일이 생긴 건 아니지만.
지난 1년을 돌아보니 그래요.

혼자 단정짓고 예상했던 모든 게 다 틀렸어요.

상상하고 예측하는 습관, 미리 두려워하는 마음은

조심해야 된다는 걸 다시 한번 느꼈어요.

뭘 느낀다고 뭐가 당장 달라지는 건 없지만.

그래도…

언제나

'내가 지금 최선을 다하지 않은 건 아닐까' 하는 나에 대한

의구심이 나를 너무 괴롭혀요.

조금 편안한 마음으로 욕심을 버리고 싶은데

언제나 조급한 마음에 제가 저를 너무 못살게 굴어요.

내가 혹시 이걸 잘못했나?

내가 그 결정을 그렇게 하면 안 되는 거였나?

지금 이건 내가 맞게 하고 있는 건가?

이게 틀리면 어떡하지?

내가 뭘 놓친 게 있나?

내 잘못으로 내가 날 망친 게 있나?

이런 생각들에 에너지를 너무 쏟고 있어서

나는 결국 일을 망치고 있는 건 아닐까?

내년에는 저를 좀 덜 괴롭히고 싶어요.

자책만 덜 해도

행복지수가 많이 올라갈 것 같아요.

어제부터 날이 정말 추워졌네요.

아빠도 건강 조심하세요.

추신: 부산은 함께 가기 힘들 수 있을 것 같아요.

대표와 상의 끝에 작가를 구하지 않고 제가 다시 한번 쓰기

로 해서 당장 작업을 시작하게 되었어요.

일단 저는 못 가는 걸로 생각하고

봐서 틈이 맞으면 합류를 시도해볼게요.

그럼

또.

2011-12-20

아빠.

어제는 하루에 약속을 네 개나 소화하느라 바쁜 하루를 보

냈어요.

연말이다 보니 밀린 안부를 나눌 사람들이 생기네요.

빨리 가고 싶으면 혼자 가고
멀리 가고 싶으면 함께 가라.

는 아프리카 속담이 있대요.

사는 게 혼자 열심히 한다고 되는 일이 아니라는 걸 느껴요.
저는 항상 나를 생각하고 아껴주는 사람들한테 잘 못해주고
섭섭하게 만드는 무심한 면이 있어요.

반성하기도 하지만
실수하는 건 변함이 없네요.

올해 생일은 그냥 조용히 지내고 싶은데
또 생일을 챙겨주겠다는 친구들이 있으니
거절하기도 뭣하고 고민이에요.

정말 희한한 일이 생겼는데요.
나를 괴롭히는 마음을 조절하려고 노력하면서
안색이 말도 못하게 좋아졌어요.
(지났으니 말이지만 지난여름부터 가을까지 진짜 엉망이었거든요.)

얼굴을 뒤덮고 있던 뾰루지들이 다 사라지고
얼굴 사방의 흉터가 하루가 다르게 옅어지네요.

암튼,
나를 괴롭히지 않고
오늘도 잘 보낼게요.

아빠도.
식사 잘 챙겨드세요.

Sent: 2011-12-20(화)
Subject: RE:
그게 다 마음의 평화가 증명 하는거다
어찌됐든 마음이 편안하다니 된 거지뭐
사람 산다는게 다 그렇게 이웃들과 연계
되어 있는 거다 그래서 이웃이란 소중하고
늘 관심과 배려가 필요한 거지
그런데 너무 그런쪽에만 매달려 있는건 아니겠지?
틈틈히 영화생각도 하며 설계를 게을리 하지마라
언제든 노트북을 열면 자판을 두드릴 준비를

하고 있어야지

내가 또 쓸데없는 애길했구나 어련히 알아서

잘 하려구

언제쯤 집에 올런지 그 깨끗해진 피불 보고 싶구나

연말이라구 너무 헤매지말구 건강 조심해라

2011 -12 -23

그러고보니 정말 나이 마흔이 일주일 남았구나

이러저런 생각이 많겠다

허나 흔한말로 나이는 숫자에 불과한것

지금 나에게 주어진 일에 최선을 다 하면

그에따른 성취감이 인생의 의미를 찾는 길에 답을 해주는

것이리라

어제는 약속이있어 광화문에서 저녁시간을

보냈는데 날씨가 정말 장난이 아니더라

추운정도가 아니라 피부를 칼로 저미는것 같더라

오늘은 더 춥다하니 준비 단단히하고 외출해라

이런날은 방콕이 상책인데......

오늘은 이만 끝

Sent: 2011-12-23(금)
Subject: RE:

예 아빠.

아빠는 우울하거나 비관적일 때 어떻게 해소하세요?

Sent: 2011-12-23(금)

Subject: RE: RE:

왜? 지금 우울하냐? 뭐가 또 비관적이길래

그런 가슴 철렁하는 소리하니?

모든것이 내 마음먹기 아니겠니?

맘을 편안하게 갖고 냉정하게 상황을

정리 해봐라 흥분하지말고......

정신적인 안정이 가장 좋은 처방이라고

생각한다

잘 정리하리라 믿는다

편안한 소식 기다리겠다

오늘밤은 눈도 많이 온다는 일기예보다

참고해라

Sent: 2011-12-23(금)

Subject: RE: RE: RE:

그냥 아빠의 해소법을 알려주시면 되는데…ㅎㅎ

심각한 거 아니니까 걱정 마세요.

내일 만나요 아빠.

2012-01-25

오랫만에 컴퓨터 앞에 앉았다

지난 설날엔 혼자 지하철 타러가는

니 뒷모습이 짠하더라 한손엔 반찬 보따리들고

휘적휘적 걷는모습이 왜 그렇게 허전해 보였을까?

다른애들은 가족과 함께 즐거운 시간을 보낼텐데

그 추운 날씨에 아무도없는 빈집에 가서

혼자 밥 차려먹을 니 모습이 떠올라

나도 모르게 한숨이 새어 나왔다

허나

큰 일을위해 감수 해야할 고통임을 잘 알기에

머리를 흔들어 너의 잔영을 지워 버릴수 있었다

아무쪼록 집중해서 좋은 결과 만들어 내길 빌겠다

그런 날이 오면 오늘의 외로움과 고통을 옛얘기 하듯 나누

면서 우리 두손 잡고 한바탕 웃자꾸나

항상 당부 하지만 제때제때 챙겨먹고

적당한 운동 게을리 하지마라

 오늘도 어김없이 모든 기를 모아서 너에게 팍팍! 얍얍!!!!

2012-01-30

지난 토욜은 참 행복했다

너에겐 무척 피곤한 하루 였겠지만 어쩔수없이

겪어야 했던 일이었다고 생각하렴

우리가 지정한 나무 주변에 니 할머니를 모시고

우리 또한 들어갈 집을 마련 했다는 흐뭇한 마음에
한잔 안 할수가 없었다

다만
술이 과해서 너에게 또 상처를 준게 아닌가
마음이 쓰인다....니 얼굴이 왜 이렇게 썩었냐는.....
엄만 펄펄뛰며 난리 부르스다만
아빤 이렇게 얘기 하고싶다 사람의 감정 표현은
여러 방법이 있다 가장 상식적이고 일차적인
직설법과 단어의 뜻만으론 정반대의 표현으로
상대의 마음을 더 깊이 흔들 수 있는 고차원적인
방법이있다
예를들면 나는 널 사랑해 보다 난 널 미워해가
훨씬 무게를 더한 사랑으로 다가갈수도 있다

그날 아빠가 한말 굳이 변명하자면
니가 얼굴 상해 가면서 너무 힘들어 하는구나
...하는 위로의 뜻이었다

이렇게 변명해야 이해 할정도로 니가 속 좁으리라곤

생각하지 않지만 엄마가 어떻게나 신경질적으로
난리부르슨지 어제 하루종일 고민 끝에 메일을쓴다

만에 하나 너도 마음이 상했다면 이해해라
앞으로 조심할께

건강 신경 쓰면서 정신집중해서 화.이.팅.!

2012-03-02

오늘은 술에 취해 혼란 스러운 상태에서 컴 앞에 앉았다
지난 토욜엔 니가 마음에 상철 입었다하여
아빠가 몹시 아프다

아빤 일상적인 충고로 집중력 흩어지게 뭐 그런일에 까지
관심을 가졌는가해서 가볍게 한마디 했을뿐인데
니가 그렇게 민감하게 반응 하리라곤 상상도 못했다
어찌됐든 아빠의 그 한마디가 너에게 상처로 남았다니
아빤 몸 둘바를 모르겠다

그래도 아침에 산에 다녀와 아무일도 없었던듯 헤헤거리며
점심밥을 같이 먹을 수 있다는 것은 니가 그만큼 마음을
정리 했단 모습으로보여 그나마 마음이 놓였다

그래 아무리 피해 가려해도 피해갈수없는 것이
지금 니 상황인거 모르지 않는다
하지만 아빠가 충고 해 주고 싶은것은
니가 부딪혀서 깨부술수 없는 벽이라면
큰 모험을 걸어서라도 결단을 보는 방법도 있는거다
이 작업을 원점으로 보내버리자는......
출구가 보이지 않는 함정에서 탈출 하는 전략 말이다
물론 현실적으로 여러가지 장애가 많겠지?

가장 이상적인길은 어느 귀인이 나타나서
헝클어진 상황들을 명쾌하게 정리 해 주면
금상첨화 겠는데......

아무튼 아빠의 그런 실없는 발언 한마디에 가족들 앞에서
눈물을 보일 정도로 상철 받았다는건 니 마음이 그만큼
심약해 졌단 뜻이고.....

그런 딸의 모습은 아빠를 몹시 아프게 한다

어떤 시시한 멜로드라마 대사가 하나 생각난다
(니가 아프냐? 나도 아프다!)

수렁 속에서 빠져나올 연궁하자

Sent: 2012-03-02 (금)
Subject: RE: 니가 아프냐? 나도 아프다!
아빠.
어제 메일을 보내려고 했는데 컴퓨터에 무슨 오류가 났는지
자판이 쳐지지 않아 못 보냈는데
결국 아빠가 먼저 보내셨네요.

죄송해요.
그날 일은 되레 제가 부끄럽고 수치스러워요.

그런데 저도 참 나이가 마흔이 되었는데도
아빠가 저에게 실망하시거나 못마땅해하시는 기색만 보여도
어쩔 줄 몰라 해요.

막 화가 나고 속상해요.

안 그래도 그런 마음이 항상 있는 데다가
그날은 제부도 함께한 자리이다 보니
아빠의 반응에
스스로를 더 창피하게 느낀 것 같아요.

방에 들어와 울면서도 진상이다.
생각했는데 제어가 안 되더라구요.
다음 날에 너무 창피해서 방 밖에 못 나가겠는걸
억지로 산에 다녀오니까 기분이 나아졌어요.

죄송해요. 아빠.
면목이 없어요.

가끔 사람이 이렇게 무너질 때가 있잖아요.
그날 그런 날이었다고 이해해주세요.

항상 아빠가 절 지켜보고 걱정하신다고 생각하면서
살고 있어요.

잘 할게요.

걱정 마세요.

아빠.

식사 잘 챙겨드시구요.

다음 주 주말에 갈게요.

사랑해요. 아빠.

* 아빠의 메일은 수정 없이 원문 그대로 담았습니다.

너한테 내가 꼭 필요할 때

엄마가 우리 집에 오셔서 1박 2일 지내다 가셨다. 요즘 내가 몸이 여기저기 아파서 엄마가 오셔도 뭔가 잘해드릴 수 없는 처지다. 복강경 수술을 마치고 3주가 안 됐는데 어깨 수술을 받아야 된다는 의사의 소견을 들은 날엔 병원 엘리베이터 안에서 이야기 하나를 상상해냈다. 가벼운 수술을 받기 위해 종합병원에 들어갔다가 여기저기 문제가 터지면서 모든 과를 돌아가며 입원과 수술을 반복하게 되고 결국 죽어서 장례식장을 통해 나가는 어느 환자의 이야기다. 〈보건교사 안은영〉을 마친 뒤 1년 동안 병원을 다닌 횟수만 해도 수십 번이고 엑스레이, 초음파, 엠알아이를 찍은 횟수도 수십 번이다.

엄마가 같이 끓여 먹겠다며 만두를 빚어 오셨는데 냉장

고에 뭘 어떻게 잘못 구겨넣으셨는지 내가 냉장고 문을 열자마자 모두 쏟아져버렸다. 몸도 불편하고 힘이 없어서 나도 모르게 짜증이 올라왔다. 엄마는 그래도 꾸역꾸역 삼시 세끼를 해주시고 병원까지 따라오셔서 진료가 끝날 때까지 기다렸다가 주물러주시면서 끝없는 잔소리를 기계처럼 반복하시다가 집으로 돌아가셨다. 사용한 프라이팬은 물을 붓고 소주를 조금 넣은 뒤 팔팔 끓였다가 물을 버리고 키친타월로 닦아내면 팬을 오래 쓸 수 있다는 말을 백번 하고 가셨다.

엄마를 바래다주고 오는 길에 가만히 생각해보니, 오랜만에 좋은 밥도 연이어서 잘 챙겨 먹었고 엄마 마사지도 한참 받아서 그런지 신기하게 두통도 나아졌다. 의사 소견을 들을 땐 엄마가 옆에 붙어 앉아 하도 질문을 계속하셔서 좀 창피했지만 속으론 '엄마 없었으면 이 정보를 놓칠 뻔했군' 싶었다.

언제부턴가 엄마의 이야기는 늘 반복된다. 아프지 않으려면 뭘 어떻게 해야 하고, 아플 땐 뭘 어떻게 해야 하고……. 엄마는 평생 잔병치레가 많았다. 원인 불명의 통증으로 고

생도 많이 하셨다.

"엄마가 정말 죽을 것같이 많이 아파봐서 아는데 다 지나가." 하도 지겹게 이 말씀을 반복하셔서 늘 귓등으로 흘려들었는데 엄마가 작은이모와 주고받은 문자를 보고 미안해졌다.

"내가 죽을 것같이 많이 아파봐서 알아요. 그러니까 유산균을 어쩌고저쩌고 해독주스를 어쩌고저쩌고……" 엄마의 잔소리 대행진 문자에 작은이모가 답하신다. "니가 그렇게 아팠었다니 내 맘이 아프다."

엄마를 전철역까지 모셔다드리고 집으로 돌아와 욕실에서 손을 씻다가 비누를 보는데 눈물이 쏟아졌다. 분당에서 삼송까지 그 작은 비누 그물망을 챙겨 오셔서 우리 집 비누마다 작은 그물 옷을 입혀놓고 가셨다. 이렇게 하면 비눗물이 지저분하게 남아서 세면대가 더러워지는 일은 안 생긴단다.

때마침 엄마한테서 전화가 왔다. 또 잔소리 대행진. 필수가 기운이 없어 보이던데 갑상선 검사를 어쩌고저쩌고. 내

가 요즘 강황을 먹고 있는데 필수도 어쩌고저쩌고. 나는 대화를 적당히 끊기 위해,

"엄마, 우리 집에 자주 놀러 와" 했더니,

"아냐, 엄마는 자주 안 갈 거야. 엄마는 알아. 너한테 엄마가 꼭 필요할 때 그때 엄마는 꼭 너한테 갈 거야."

오늘 계약금이 들어왔다. 매 작품 공개할 때마다 다음 작품 계약을 못 하게 될까 봐 전전긍긍한다. 그래도 이번엔 계약 텀이 비교적 짧아서 다행이다.

동생의 첫 그림책이 오늘 인쇄 들어갔다. 아빠가 돌아가시기 전, 그 책은 반드시 잘될 것이라고 경아에게 약속하셨다.

그나저나 오늘 받은 계약금의 겨우 1퍼센트, 농담 같은 용돈을 엄마한테 보내드렸는데 너무 어렵게 받으시며 "나는 좋은 엄마가 아닌데……" 혼잣말을 하신다.

우리 엄마는 왜 그러실까.

2021. 08. 13

꿈에 엄마가 돌아가셨다. 나는 이미 숨을 거둔 엄마를 붙들고 심폐소생술을 시도했다.(심폐소생술 할 줄 모름.) 엄마가 최선을 다해 깨어나려고 애를 쓴다는 사실을 느낄 수 있었다. 마침내 두 주먹을 꽉 쥐고 부르르 떨면서 엄마가 눈을 떴다. 엄마의 눈 속을 보았다. 검은 어둠뿐이었지만 엄마의 의식이 나를 위해 잠시 돌아왔다는 사실을 느낄 수 있었다. 나는 꼭 해야 할 말이 있었다. "엄마, 나는 괜찮아. 나는 정말 괜찮아." 엄마가 내 걱정을 안고 가시기를 원하지 않았다. 그래서 정말 온 힘을 다해 그 말을 반복했다. 어찌나 온 힘을 다했던지 "나는 괜찮아"라고 잠꼬대를 입 밖으로 내뱉으면서 잠에서 깼다.

2023. 08.

약속

 # 1

해영이는 마음이 뜨거워지는 작품을 해야 긴 시간을 일하면서 버틸 수 있다는데, 나는 기본적으로 내 마음을 못 믿겠다.

나는 마음이 잘 변해서 뜨거웠다가 차갑게 식는 일도 많다.

그래서 내게 중요한 것은 약속이다.

나는 약속하면 버틸 수 있다. 물론 그 약속이 내 마음에 들어야 한다.

2

계약서 문항을 조정하는 데에 시간이 오래 걸렸다. 내가 의심이 많고 까다롭고 고지식해서 모두를 당황스럽게 했나 보다. 하지만 "원래 그런 거예요"라는 말이 나는 정말 싫다. 잘 이해되지 않지만 원래 그렇다니까 넘어가면 결국 그것이 나를 괴롭힌다.

이러니…… 내가 얼마나 피곤하겠어, 사는 게.

필수와 나

#1

HBO 시리즈 〈더 듀스〉를 보던 중, 남자가 여자에게 동거를 제안하는 장면이 나왔다. 여자는 질문한다.

"그래서 우리 둘이 한집에 살게 되면 다른 사람은 이제 못 만나는 건가? 서로 집착하면서 여느 부부들처럼 살아? 쓰레기 치우는 일로 싸우면서?"

맙소사, 다들 쓰레기를 치우는 일로 싸우고 있었어!

#2

어제 본 영화는 로널드 님 감독의 〈초크 가든〉(1964)이다. 주인집 딸이 새 가정교사의 방을 몰래 뒤지다가 결정적인 물건을 훔치는 장면은 한 컷으로 이루어져 있는데 참 좋다. 주인집 딸이 가정교사와 집사의 대화를 엿듣는 장면에서 카메라가 갑자기 딸의 두 눈으로 익스트림 클로즈업 들어가는 컷도 아주 멋지다.

다 따라 해야지.

3

꿈을 꿨다.

우리는 극장에 갔는데 어쩌다보니 따로 앉았다. 내 주변에 앉은 남자들이 자꾸 의자를 삐걱거려서 주의를 줬다가 이들의 복수가 시작됐다.

나는 위험을 감지하고 필수를 찾았다. 여러 차례 전화를 했지만 필수는 답이 없었다. 이러다가는 이 남자들이 나를 죽일 것 같은데 극적으로 필수를 발견했다. 그런데 얘가 한가롭게 책을 읽느라 내 전화를 못 받는 것이다! 넌 언제나 이런 식이지…… 나는 화가 났지만 그래도 필수가 필요한데 필수는 읽던 책을 덮고 무리들 속으로 사라져버렸다.

같은 시간에 필수도 꿈을 꿨다. 숲속에서 혼자 캠핑 중이었는데 커다란 기린이 나타났고 사냥꾼이 기린을 죽여서 너무나 슬펐단다. 기린이 죽은 자리에 검은색 고양이가 머리에 총상을 입은 채 피를 토했단다.

나랑 싸우다가 잤는데 동물 꿈만 꾸다니. 나쁜 자식.

몽키

몽키는 오렌지 태비다.

고단한 하루를 마치고 인스타그램을 켰다가 어미를 잃고 추운 겨울 거리를 헤매는 새끼 고양이를 봤다. 필수가 동영상을 보자마자 "입양할까?" 물었다. 내가 머뭇거리자 필수는 활짝 웃으면서 "응! 입양해야 해. 이 오렌지 태비는 우리 고양이야!"

해서 〈보건교사 안은영〉 촬영 중에 데려온 아이가 '몽키'다.

몽키와 아빠가 처음 만난 날. 아빠가 손을 내밀자 몽키는 놀라 자빠지면서 소파 밑으로 기어들어 가버렸다. 그 뒤로 한 번 더 두 존재의 만남을 시도했지만 소용없었다.

아빠가 돌아가신 뒤 고양이에 대한 나의 사랑은 무럭무럭 자라서 새끼 길고양이 한 마리를 더 입양했다.(이름은 미슈카. 영화 〈외계,인〉과 〈유령〉에 출연했다. 나름 오디션을 거쳐 캐스팅됐음.)

미슈카는 예쁘장하고 애교가 많아서 누구든지 품에 안을 수 있다. 반면에 몽키는 다소 용맹해 뵈는 머리 크기와 온 얼굴까지 덮은 노란 줄무늬 때문에 그런지 대부분의 관심은 늘 미슈카가 독차지하는 편이다. 게다가 몽키는 낯을 많이 가리는 고양이라서 우리를 제외하고는 아무도 제대로 본 사람이 없다.

사실 몽키는 표현이 서툴러서 그렇지 아주 의젓한 고양이다. 아기 미슈카를 매일 그루밍 해주고 똥구멍도 핥아줬다. 사냥놀이를 할 때 미슈카가 먼저 달려들면 언제나 양보하고 멀찍이 떨어져 앉아서 (내 보기에는) 흐뭇한 표정으로 미슈카를 지켜보고, 심지어 자기가 좋아하는 간식을 먹다가도 미슈카가 달려들면 양보했다. 몽키는 엄마처럼(성별 남자임), 때로는 연인처럼(미슈카도 남자임) 늘 미슈카를 지켜줬다.

이렇게 사랑스러운 털 뭉치가 나를 바라보다가도 모른척 하고, 껌딱지처럼 붙어 있다가도 제멋대로 숨어버리고, 어느 때는 갑자기 (내 느낌에는) 뜻이 담긴 야옹을 건네면 나는 그게 무슨 말인지 너무 궁금해지는 것이었다.

그리하여 애니멀 커뮤니케이터와 대화를 나눈 고양이는 몽키다. 우리(몽키와 나)는 카톡을 통해서 대화를 나눴다. 멀리 떨어진 상담사가 한집에 사는 우리의 통역자가 되다니 정말 이해할 수 없을 것이다.

몽키와 이런 저런 대화를 나누다가 문득 궁금해졌다.

나　　몽키야, 돌아가신 우리 아빠 기억해?
상담사　아버님 사진을 보내주실 수 있으실까요?

아빠의 사진 중에서 가장 보기 좋은 모습을 골라 전송했다.

상담사　아버님 뵈었을 때 기억이 나는지 물었는데 웃음
　　　　　기를 머금으신 표정. 그리고 아버님의 손, 주변의
　　　　　공기 이런 걸 보여주네요. 혹시 몽키가 아버님 뵙

고 얼마 안 돼서 아버님께서 떠나셨나요?

나　(헐……) 네.

아빠는 몽키와 인사를 나누고 3개월 뒤 세상을 떠나셨다.

상담사　몽키한테 가장 기억에 남는 건 아버님 주변의 공기가 아주 가볍게 느껴졌다는 거예요. 아버님께서 몽키와 되게 오래 교감하고 놀아주시거나 그런 건 아닌 것 같아요

나　(헉……) 네 맞아요. 몽키가 자꾸 숨었어요. 아빠한테 하악질도 하고.

상담사　긴 만남은 아니었던 것 같은데.

나　(대략 3초……?)

상담사　보호자님과 있을 때랑은 다른 감각 때문에 몽키가 조금 놀랐다고 해요. 아버님께서 손을 살짝 내미셨던 것 같고…… 아까 저한테 보여준 아버님의 손 모습을 다시 보여주고 있거든요. 손 주변으로 하얀 아지랑이가 보여요.

나　혹시…… 몽키가 아빠를 그 뒤로 만난 적이 있는지 궁금해요.

상담사 몽키는 아버님께서 돌아가신 건 모르지만 아버님 한테 느꼈던 묘한 가벼운 감각이 언젠가 보호자님 집을 한 번 스치고 간 적이 있다고 해요.

나 (헐……!) 혹시 그때 아빠가 편안한 느낌이었는지 물어봐주실 수 있으세요?

상담사 몽키가 아버님의 상태를 판단할 순 없어요. 보통 영혼의 느낌은 가벼운 소름 같은 느낌으로 오거든요. 이건 제 추측이긴 한데…… 아버님께서도 몽키를 만나던 즈음에 돌아가실 것을 좀 예감하셨을 것 같아요. 보통 동물의 경우에 영혼이 몸에서 저렇게 살짝 떠 있으면…… 스스로 마지막을 예감하더라구요.

나 (소름……) 맞아요. 아빠는 시한부 선고를 받았어요.

상담사 아버님께서 몽키를 기뻐하셨다는 느낌은 받았다고 하네요. 돌아가신 뒤에는 잘 모르겠고요. 몽키가 관심을 많이 가지진 않았거든요.

필수는 인과성 없는 우연의 일치에 대해 흥미를 느끼는 나를 평소 우습게 여기는 편이다. 형식상 대화창에 들어와 있지만 딱 봐도 시큰둥해 보였다.

어느새 상담을 마칠 시간이 됐다. 몽키가 마지막으로 내게 전하고 싶은 말이 있단다.

상담사 몽키는 표현을 많이 못 하지만 엄마아빠(나와 필수)를 많이 사랑한다는 걸 알아달라고. 그리고 자기는 여전히 어리다는 걸 기억해달라고 하네요. 몽키는 자기가 그렇게 어른스럽지 못하대요. 몽키가 미슈카에게 양보하는 건 그게 괜찮아서 그런 거고. 엄마아빠에게 덜 소중한 존재가 되고 싶지는 않다고도 해요. 제 마음을 조금만 더 알아달래요.

나는 속으로 뜨끔했다.

필수는 두 고양이에게 공평하게 사랑을 줬다고 자부하지만, 나는 이름을 부를 때조차 몽키와 미슈카를 차별한다고 동생이 뭐라고 했던 일이 떠올랐다.

나 몽키야, 엄마는 가끔 니가 빈방에서 혼자 야옹거리는 거 알거든. 부끄러워하지 말고 엄마한테 많이 야옹하고 표현해줘. 엄마는 몽키 야옹 좋아해.

자, 이제부터는 아무도 믿을 수 없을 것이다.

상담을 마치자마자 몽키가 거짓말처럼 야옹거리며 내 방
으로 들어왔다. 하도 신기해서 몽키를 안고 뽀뽀를 마구 해
주었는데 그날부터 지금까지 우리 몽키가 얼마나 아기처럼
수다쟁이가 됐는지(하루 종일 야옹거림. 밤잠을 못 잘 정도) 이
드라마틱한 변화는 오로지 필수만 인정한다.

바위처럼 묵묵하게 미슈카를 돌보던 몽키를 우리는 확실
히 기억하니까.

그러니까,
아빠도 우리 집에 왔다 가신 게 맞겠지?
몽키가 느꼈다잖아!

괜찮아

KBS 라디오 연기대상에서 연락이 왔다. 아빠가 2022년도 공로상 수상자로 선정됐단다. 내가 아빠 대신 무대 위로 올라가야 했다. 틈만 나면 머릿속으로 대리 수상 소감을 반복했다. 무대 위에서 울고 싶지 않았다. 오죽했으면 시상식 당일에는 집에서 미리 혼자 울고 출발했다.

나는 아빠의 장례식장에서도 울지 않았고 심지어 아빠의 임종을 지킨 날에도 울지 않았다.

아빠의 임종은 내가 지켰다기보다 아빠가 나를 기다렸다는 표현이 맞을 것이다. 아빠의 호스피스 병원은 차로 두 시간 반이 넘게 걸리는 곳에 있었는데 병원으로 향하는 택시 안에서 나는 영상 통화로 아빠와 마지막 인사를 나눠야 했다. 인사를 나눴다기보다는 내가 혼잣말을 했다는 표현이 맞을 것이다. "아빠, 사랑해요"라고 수십 번 반복했지만 소용없었다. 핸드폰 화면 속의 아빠는 빠른 속도로 의식을 잃어갔다.

택시에서 내리자마자 엘리베이터를 향해 걸어갔다. 내가 왜 걸었는지 모르겠다. 병실이 2층인데 내가 왜 엘리베이터로 향했는지도 모르겠다. 필수가 정신없는 나를 붙잡고 비상계단을 뛰어 올라갔다. 이미 종부성사가 이루어지는 중이었고 아빠는 의식을 잃은 채 숨만 붙어 있었다. 아빠는 내가 도착하자 숨을 거두셨다.

마지막 숨이 본체의 의지로 어느 정도 유예될 수도 있다는 것을 아빠를 통해 경험했다.

아빠는 분명히 나를 기다리고 계셨다.

이 이야기를 글로 쓸 수 있어서 정말 다행이라고 생각한다. 말로 했다면 나는 울어버렸을 것이다.

제부가 급한 대로 편의점에서 흰 양말을 사 와서 아빠의 발에 신겨드렸다. 아빠 양말에 구멍이 난 사실을 아무도 인지하지 못할 만큼 우리는 모두 경황이 없었다.

내가 거기서 왜 기념사진을 제안했는지 나도 모르겠다. 아빠와 나눈 것이 너무 없어서 돌아가신 아빠의 몸이라도 붙들고 뭐라도 하고 싶었던 것 같다. 사진을 찍을 때는 또 내가 왜 활짝 웃었는지 모르겠다. 나는 우리 가족 중에서 아빠와 가장 적은 시간을 보냈고, 남은 6개월여간 함께 보낸 시간은 다 합쳐서 겨우 72시간이나 될까. 그래 놓고는 마치 할 만큼 다 한 사람처럼 거기서 왜 웃어…….

염이 시작되자마자 나는 엄청나게 곡을 해댔다. 유가족들은 염을 할 때 제일 많이 운다는 얘기를 어디서 주워 듣고 애초에 마음먹었었다. 한번 울음을 터뜨리고 나니 주변을 의식하지 않고 울어 재꼈다. 아빠에게 못다 한 말을 미친 사람처럼 떠들어대기 시작했다. 엄마가 옆에서 울다 말고 신경질을 냈다. "쫌 조용히 좀 울어, 쫌."

엄마 때문에 정신이 돌아와버려서 우는 걸 다 망쳤다.

3년이 지나 시상식 날이 됐다. 무대 위에서 나는 정말 울고 싶지 않았다. 아빠의 트로피를 쥐고 마이크 앞에 섰는데 벌써부터 목이 멨다. 콧구멍에 힘을 주고 숨을 참은 채 그동안 외웠던 수상 소감을 시작했다. 원래 나의 계획은 '엄격한 아버지'에 대한 기억으로 시작해서 '훌륭한 아빠의 모습'을 지나 아빠의 유언으로 끝내는 것이었는데 '엄격한 아버지'를 홍보하다가 이미 울음이 목구멍까지 차올라서 더이상 이어갈 수 없었다.

　진짜 이상한 수상 소감이 되어버렸다.
　'훌륭한 아빠의 모습'을 빼먹은 채, "무서운 우리 아빠의 유언은 '괜찮아'였습니다."가 수상 소감이 되고 말았다.

　아빠의 유언은 '괜찮아'였다.
　나는 아빠의 유언을 듣지 못했다. 아빠는 그날 죽음의 문턱에서 고통스러워하셨고, 내가 도착하기까지는 시간이 너무 오래 걸렸다. 숨이 붙은 상태에서 아빠가 온 힘을 다해 개미만 한 목소리로 남기신 마지막 말씀이 '괜찮아'였다고 동생이 전해주었다.

우리 아빠는 단 한 번도 나의 성취를 두고 기분 좋게 칭찬해주신 적이 없었다. 내가 데뷔작 〈미쓰 홍당무〉로 그해 청룡영화상에서 신인감독상과 각본상을 수상했을 때도 아빠는 내 속을 다 뒤집어놓으셨다. 너는 더 배워야 하는 사람이니 자만하지 말고 박찬욱 감독의 스크립터를 한 번 더 하는 게 좋겠다고 하셨다. 내가 어떻게 겨우 감독이 됐는데!

아빠가 떠나신 뒤로 나는 한동안 목표를 잃고 방황했다. 아빠가 틀렸다는 사실을 증명해야 하는데 아빠가 사라져버렸다.

나는 그날, 무대 위에서 아빠의 '괜찮아'를 꼭 내 입으로 말하고 싶었다. 사람들한테 자랑하고 싶었다. 그런데 수상소감이 그렇게 되어버렸다.

나는 영화를 보다가 잘 운다. 책을 읽다가도 잘 운다. 친구의 고양이가 죽어도 잘 울고, 모르는 사람의 강아지가 죽어도 남들 앞에서 잘 운다.

그런데 아빠에 대한 감정 표현은 아주 뒤죽박죽이다.

한번은 아빠 나무에 갔다가 어떤 노인의 뒷모습을 봤는데 아빠 귀신인 줄 알고 당황한 적이 있다.

그런데 귀신이라도 아빠를 봐서 반갑고 기쁜 게 아니라 아직 끝내지 못한 어떤 숙제가 성큼 닥친 기분이 들어서 당황했다.

나는 아빠가 돌아가셔서 정말 슬픈 걸까. 슬픈 게 맞겠지……?

이런 질문이 들 때면, 참 서글퍼진다.

파리에서, 아녜스 바르다

파리에서 한 달을 지냈다. 여기서는 새벽 3, 4시에 일어나 〈새색시〉 작업을 하다가(나는 2년 반 동안 공포영화 〈새색시〉 각본을 썼다) 아침을 먹고 조금 더 일하다가 동네 탐방을 다닌 뒤 점심 먹고 돌아와서 오후 5시까지 일하다가 저녁에는 외식을 하기도 하고, 집에서 요리를 해 먹기도 하면서 조용히 한 달을 살았다. 한번은 내가 토마토 파스타를 만들었는데 다 망쳤고, 필수는 가지와 감자 요리, 흰살 생선 요리, 연어 스테이크 등등을 전부 성공했다.

어느 날, 서울국제여성영화제로부터 연락을 받았다. 아녜스 바르다 감독의 〈쿵푸 마스터〉를 극장에서 상영하게 됐다며 GV를 부탁했다. 〈쿵푸 마스터〉는 서울국제여성영화제에서 주최한 설문조사에서 '좋아하는 여성영화 다섯 편'

중 한 작품으로 내가 뽑은 영화고, 언젠가 나도 꼭 극장에서 보고 싶었던 영화다. 마침 상영일이 귀국 바로 다음 날이기에 냉큼 수락했다.

마침내 〈새색시〉를 탈고했다. 어찌나 홀가분하던지 그래, 내가 이 맛에 살지 싶었다.(그 뒤로 5개월을 더 작업했음.) 누룽지를 끓여 먹고 필수와 파리 시내 구경에 나섰다.

〈새색시〉는 결혼식을 마치고 웨딩드레스를 벗어던지며 떠올린 아이템이다. 나는 이 프로젝트에 도달하기 위해 운명적으로 필수를 만나서 결혼도 하고, 아빠를 떠나보내고, 고양이 두 마리를 입양하는 긴 여행을 해왔다고 우기고 싶을 만큼 〈새색시〉에 대한 나의 애정은 각별하다.

몽파르나스까지 한 시간 이상을 걸었던 것 같다. 그리고 점심을 먹었다. 나는 버섯 그릭 샐러드와 송아지 고기 구이. 필수는 아티초크 수프와 피시앤칩스. 그리고 맥주를 주문했다. 버섯 샐러드가 먼저 나왔는데 정말 깊고 특별한 맛이었고, 아티초크 수프를 맛보는 순간 우리는 흥분하기 시작했다. 맥주를 두 잔씩 마시고 나니 기분이 아주 좋아져서 계속 걸었다.

한참을 걷다가 예상치 못한 곳에서 묘지를 마주쳤다.

아니, 그런데 잠깐. 이 자리에 아녜스 바르다와 자크 드미 그리고 에릭 로메르가?!

하필이면 〈새색시〉를 탈고한 날에 그들을 마주치다니 이것은 어떤 동시성의 발현일까? 아니면 이것은 설마…… 〈새색시〉의 밝은 미래를 내포한 그 어떤 신의 메시지……? 제멋대로 상상하기 시작했다.

내가 왜, 〈새색시〉를 위해서는 아녜스 바르다를 찾아내야 된다고 생각했는지 모르겠다. 문 닫을 시간이 다 되어서 방문객들은 대부분 빠져나갔다. 나는 급한 마음에 필수와 따로 떨어져 아녜스 바르다를 찾기 시작했다. 어딘가에서 필수가 외쳤다. "여긴 거 같아!"

이 순간을 기록으로 남겨야 했다. 나는 핸드폰 카메라를 켜고 비디오를 찍으면서 달려갔다. 이것은 〈새색시〉를 향해 달려가는 나의 여정이고, 아녜스 바르다에게 도달하면 나는 〈새색시〉를 찍을 수 있을 것이라는 주문을 제멋대로 걸었다.

우아하고, 아름답고, 웅장하고, 고고한 묘비들을 지나 계속 달렸다. 그러다가 난데없이 하늘에서 툭 떨어진 모과처럼, 수많은 꽃다발과 키스 마크에 둘러싸인 아녜스 바르다가 내 눈앞에 모습을 드러냈다.

나는 갑자기 울음을 터뜨렸다.

필수는 당황했을 것이다. 우리가 많은 영화에 대해 이야기를 나누었지만 내가 아녜스 바르다를 이야기한 적은 단 한 번도 없기 때문이다.

아녜스 바르다의 〈5시부터 7시까지 클레오〉를 봤던 날을 기억한다. 그 즈음에 나는 매우 의기소침한 영화학교 학생이었다. 사람들이 좋아하는 영화를 보면 나도 재미있기는 한데 나는 이런 영화를 만들 수 없을 것 같으니 아무래도 나는 이야기가 없는 사람이라는 자괴감에 깊이 빠져 있었다.

그런데 마음이 복잡한 클레오가 노래를 부르는 장면에서

문득 내 머리 위로 빛이 내리는 착각이 드는 것이다. 깨달음이었다. '와, 내 안에도 이야기가 있구나!'

요즘에는 무엇을 남기고, 어떻게 기억될 것인가. 이런 질문을 가끔씩 떠올린다. 그렇게 곰곰이 생각하다 보면, 아직 하고 싶은 것도 너무 많고, 부족한 것도 너무 많은데 뭘 남기는 생각까지 해…… 아니, 남기긴 뭘 남겨? 해놓은 게 뭐가 있어야 남길 고민을 하지, 뭐가 없어도 너무 없는데, 젠장. 머릿속이 복잡해진다.

"바르다는 어떻게 죽어서도 이렇게 사랑을 많이 받지?" 몽파르나스 묘지를 떠나면서 조용히 중얼댔는데 필수가 내 의중을 정확하게 알아챘다.

"죽은 사람도 질투해?"

잘돼가?

무엇이든.

잘돼가? 무엇이든

1판 1쇄 인쇄 2023년 12월 8일
1판 1쇄 발행 2023년 12월 20일

지은이   이경미
그림   이경아

펴낸이   정유선 변승민
편집   손미선 정유선
디자인   송윤형
마케팅   정유선
제작   제이오

펴낸곳   유선사 클라이맥스 스튜디오
등록   제2022-000031호
ISBN   979-11-978520-8-4 (03810)

문의   yuseonsa_01@naver.com
instagram.com / yuseon_sa